LA FILLE
D'ELLE-MÊME

editions-jclattes.fr

Gabrielle Boulianne-Tremblay

LA FILLE D'ELLE-MÊME

Roman

JC Lattès

Titre de l'édition originale
LA FILLE D'ELLE-MÊME
Publiée par les éditions Marchand de feuilles.

Couverture : Florine Synoradzki
Photo : © Magali Nougarede / Millenium Images UK

ISBN : 978-2-7096-7139-2

Première édition : octobre 2023

Pour Thérèse, ma gracieuse,
qui danse parmi les étoiles.

Pour toutes mes sœurs
et tous mes frères trans disparu·e·s.

Pour la petite Gabrielle, qui ne pensait pas
vivre plus loin que ses seize ans.

Je viens du grand pays de mon enfance
Avec ses tendres jardins,
Avec ses ruisseaux d'innocence
Je viens cœur éclaté d'une famille
Où je vivais dans un coin
Moitié silence, moitié fille

Marie Laforêt
Emporte-moi

Dites-moi que c'est pas normal d'arriver dans un bar et de saisir la gorge des autres, d'en inspecter les reliefs pour détecter la possible présence d'une pomme d'Adam

(ce ne sont pas des pommes d'Adam, ce sont des pommes d'Ève)

dites-moi à la place que sous l'impulsion de l'alcool et la pression de vos amis dudes qui vous ont dit que cette personne sur qui vous avez un kick, c'est pas une femme mais un homme qui s'habille en femme, que dans votre masculinité cassable, c'est la honte qui vous rend obscène

dites-moi donc que c'est pas normal que la police débarque au bar avec des flashlights pour inspecter nos papiers, que dans les rires qui s'échappent des uniformes il y a la terreur de mourir sur place

dites-moi donc que c'est pas normal que dans l'élan des taureaux, les serveuses foncent rouges sur nous en disant que nous faisons honte à la condition de la femme, parce que salopes à perruque nous ne savons que vivre la nuit et qu'il nous faut toujours chercher un taxi dans la neige

dites-moi donc que c'est pas normal de se faire chanter l'amour pour une fois dans sa vie et finalement se faire dire « tu reviendras me voir quand t'auras ton opération, qu'on essaye ton nouveau vagin » ; c'est vrai que vous êtes les premiers à nous aimer relevées de la honte, que notre combat vous l'avez porté à bout de bras, c'est vrai que c'est à vous que nous devons notre nouvelle vie, surtout pas à nous

dites-moi donc que c'est pas normal de se faire aimer la nuit entre deux bières ou entre deux joints, mais que le jour, c'est une autre fille qu'on aime, parce que vous êtes pas sûrs, au fond, mais qu'on vous saura heureux un mois plus tard

dites-moi donc que c'est pas normal de pas vouloir se lever quand le médecin nous appelle avec notre ancien nom dans les speakers du CLSC, et que tétanisées par la peur, nous avançons dans l'opprobre

dites-moi donc que c'est pas normal de dire « cache ton pénis, ma belle, si tu veux que je vienne », que nous autres non plus on n'a pas pensé que nous pouvions être juste désirées pour notre beauté, pas pour notre entièreté

dites-moi donc que c'est pas normal que vous preniez le temps de spécifier que vous êtes pas gais si vous couchez avec nous, vous ne nous apprenez rien, mais dites-nous surtout pas que vous l'êtes si vous couchez avec nous

dites-moi donc que c'est pas normal de passer le réveillon de Noël seules chez nous, que chaque Noël est planifiable dans son suicide, mais que les balcons sont jamais assez hauts et que nos chats comprennent l'envie de se suspendre

dites-moi donc que c'est pas normal de se faire dire que vous cherchez une vraie femme pour construire quelque chose (que lorsque vous parlez de femmes biologiques, vous parlez de légumes)

dites-moi donc que c'est pas normal que des journalistes à large lectorat publient des torchons contre nous pour s'essuyer sur la souffrance des autres

dites-moi donc que c'est pas normal que vous pensiez juste et bon et adorable de prendre le soin de nous spécifier quand ça va pas que, finalement, c'est parce que vous aviez envie de vous ramasser une femme cisgenre au bar, une femme non trans

dites-moi donc que c'est pas normal de parler de MTF pour parler de nous, male to female, homme/femme, shemale, créature, déviant

dites-moi donc que c'est pas normal de pas pouvoir accéder à son compte bancaire par téléphone parce que notre voix ne correspond pas au genre administratif qui n'a pas encore été changé

dites-moi donc que c'est pas normal de perdre et notre job et notre loyer parce que plus de job pour payer le loyer et qu'il faut se ramasser à la rue et peut-être même la faire

dites-moi donc à la place que les personnes trans, on vivra d'amour et qu'on aura plus à sans cesse défendre nos droits et notre dignité

dites-moi donc à la place qu'on se fera pas violer, qu'on ne mourra pas dans un ravin, laissées là, retrouvées deux semaines plus tard et mégenrées même à nos funérailles par nos parents qui n'ont jamais pu comprendre

dites-moi donc que c'est possible de vous voir aimer plus loin que la binarité

dites-nous donc que certaines femmes trans qui se sont levées ne sont pas mortes pour rien

parlez-nous d'amour

parlez-nous de respect

mais surtout, si vous ne comprenez pas
parlez-nous donc

L'école en briques rouges me fait penser à un immense cœur qui bat au milieu du village. Aujourd'hui, c'est la rentrée. C'est la première fois que j'en verrai l'intérieur. L'école est ceinturée de ces peupliers protecteurs qui ondulent sous le vent dans un mouvement hypnotique. Mon groupe s'enfonce dans la cour de récréation. Déjà, je cherche les lieux où je pourrai fuir. Il y a un espace réservé pour le ballon-chasseur et un autre pour la marelle. La peinture des lignes qui délimitent l'espace de jeu est fraîche, on nous prévient de faire attention avec nos chaussures. C'est un ancien couvent avec une immense croix de Jésus sur la façade.

J'entre dans l'école. Stupéfaite à la vue de cette enfilade interminable de casiers vert menthe, je pense pouvoir un jour m'y réfugier. Des traits de lumière oblique réchauffent les dalles blanches et noires. J'ai l'impression d'avancer sur un jeu d'échecs géant. J'ai peur de me faire avaler par la reine. Je porte des souliers de cuir noir avec un petit talon que ma mère a payés une fortune pour l'occasion. Quand nous les avons choisis, je lui ai dit qu'ils me faisaient. J'étais trop apeurée sous le regard d'impératrice de la vendeuse. Mon premier mensonge. Quand je lui ai dit que finalement, je n'étais pas bien dedans, ma mère m'a longtemps regardée.

— J'ai pu la facture, alors tu vas faire l'année avec. Tu marcheras moins vite, c'est pas grave, m'a-t-elle dit en ajustant son rouge à lèvres dans le rétroviseur de l'auto avant d'ouvrir la portière vers ma première journée d'école.

Une odeur âcre de détergent plane et se mélange à la moiteur des lieux non aérés pendant tout l'été. Je suis à côté d'Olivier, mon grand frère. Je lui tiens la main. J'ai peur de lui broyer les os. J'ai peur que le courant des élèves fébriles m'emporte. On se réunit tous au gymnase pour un mot de bienvenue de la part du personnel de l'école.

Après l'allocution du directeur, nous apprenons qui sera notre enseignante. Martine. Déjà, je l'aime, avec ses bouclettes brunes qui rebondissent sur ses épaules, ses joues roses et son petit nez retroussé qui lui donne l'air d'être au-dessus de ses affaires. Elle est mignonne avec son tailleur ajusté et ses longues jambes de glissades d'eau. Elle porte des bas collants à pois blancs. Je trouve qu'elle ressemble à une dalmatienne. Cette image me fait rire et je m'esclaffe durant son intervention. Mon rire ne peut se contenir dans ma bouche. Elle me regarde. Elle me sourit.

Mon frère entame sa troisième année. Il discute, peinard, avec ses amis. Comme j'envie son aisance. Ce n'est pas le plus grand jour de sa vie, contrairement à moi. Il semble toutefois heureux de retrouver les siens. Il file comme un poisson entre les gens. Je ne sais pas vers qui me tourner. Les élèves de ma classe ont tous ce regard fuyant qui glisse sur le plancher. Je reste tout de même une des plus timides. Il y a ce petit garçon trapu qui me devance, cependant. Je prends mon courage à deux mains, je vais à sa rencontre. Je fais de petits pas douloureux. Mathias, qu'il s'appelle. Habillé ton sur ton, il ressemble à une tapisserie. Il fait craquer ses doigts, ne cesse de jouer avec ses mains, les range dans ses poches, les ressort. On dirait qu'il va faire un tour de magie et qu'une fois, il ressortira peut-être un lapin. Personne n'est venu me voir et personne n'est allé à sa rencontre non plus. Je m'approche encore. Je cherche avec lui son regard perdu dans ses souliers. Quand il me remarque enfin, il me salue comme si j'étais une grande amie revenue d'un long voyage.

C'est la première fois que j'aborde quelqu'un d'extérieur à ma parenté. C'est un exploit qui m'a fait suer du toupet. Une possibilité de délivrance : dialoguer avec quelqu'un que je ne connais pas et qui me ressemble dans ma timidité exacerbée. Ma mère devait attendre que je me fasse un ami avec mes souliers trop serrés, parce qu'elle est tout de même restée jusqu'à ce que Mathias m'adresse un sourire. À ce moment, sous ses yeux, je brise ma réputation d'enfant sauvage qui se cache sous la table quand des gens viennent nous visiter. Quand je ne peux pas me cacher dans la maison, je prends mes jambes à mon cou et je cours dans le boisé, derrière chez nous. Les branches sont des mains qui me propulsent. Je me sens supportée dans ma fuite. Les égratignures qu'elles me laissent sont des marques d'amour, je suppose.

Face à Mathias, je ne peux pas contenir le tremblement de mes jambes ni de mes lèvres. Je bégaye et m'enfarge dans les longues phrases éreintantes. Il pose une main sur mon épaule et ça me calme tout de suite. Je devrais amener Mathias à la maison pour qu'il calme mon père et ma mère quand ils se disputent.

Je suis étonnée d'avoir réussi à me détacher de la jupe de ma mère. Je lui demande :

— Veux-tu être mon meilleur ami ?

Ça siffle entre mes dents dans une voix plus aiguë que la moyenne des garçons de mon âge. Je pousse un soupir de soulagement. Je l'ai fait, hourra. Soulagée et surprise, parce que ce sont les premiers mots que je prononce en dehors de ma maison. Il me répond, sans délai. Je pensais qu'il allait réfléchir à ma proposition pendant au moins une journée de temps. Les choses se déroulent vite, et mon cœur s'emballe chaque fois que Mathias se frotte le nez avec la manche de son col roulé. Il n'y aura pas de cours aujourd'hui, c'est une journée spéciale. Ballon-chasseur et marelle pour tout le monde. Mathias et moi, on se précipite dans la cour, sous le soleil de notre rencontre. Nous avons l'été dans notre gorge.

Ma mère veut m'emmener chez la coiffeuse du village. Je fais une crise dans la voiture en donnant un coup de pied toutes les deux secondes derrière son siège. Elle ne dit pas un mot. Me regarde dans le rétroviseur avec colère. Je cours après les orages.

Je ne veux pas sortir de la voiture. Ma mère détache ma ceinture et me tire par la salopette.

— C'est pas le temps de niaiser, là. Tant qu'à amorcer une nouvelle année, tu vas avoir toi aussi une belle coupe champignon toute propre comme tout le monde. De quoi on va avoir l'air, encore ?

Sur l'heure du dîner, nous nous rendons au salon de coiffure qui est situé dans un sous-sol. C'est un drôle d'endroit. Quand j'entre, une odeur de fixatif brûle mes narines. Trois chaises, dont l'une qui m'attend. Les chaises du fond sont occupées par deux dames qui lisent des revues avec un énorme séchoir rond au-dessus de leur tête. On dirait qu'elles vont se faire enlever par des extraterrestres. De l'autre côté de la pièce, il y a une porte qui mène à la maison de Gisèle, la coiffeuse. Sur une étagère à la peinture zébrée trônent des produits miracles de toutes sortes pour tous les besoins, toutes les envies, des produits qui transforment. J'ouvre les bouteilles. Me laisse charmer par les odeurs.

Il y a des affiches illustrant les coupes tendance de l'heure. Ma mère pointe un petit gars blond sur une des affiches.

— Fais-y une petite coupe à la Nick Carter, il va être cute comme tout. Je viens le chercher dans deux trois heures, si ça te dérange pas, j'ai des commissions à faire en ville.

Je m'étonne que ma mère me laisse aussi longtemps. À mon âge, et surtout immobile sur une chaise, trois heures est une éternité. Elle m'embrasse le toupet.

La coiffeuse a une bague sur chaque doigt et s'active comme un mille-pattes. Ses bagues sont en argent, finement taillées en forme de cœur, de flèches, surmontées l'une de diamants, une autre d'améthystes, d'autres encore gravées du nom de ses enfants. Mes mèches sont saisies, une par une, entre un cœur et une flèche. Les ciseaux mangent mes cheveux. Je les regarde tomber, les yeux embrouillés.

— Fais pas cette tête-là, ti-gars, ça repousse anyway.

Gisèle va chercher une cigarette dans son sac à main. Elle dépose ses ciseaux. S'allume. Un nuage a tôt fait de planer au-dessus de nos têtes. Gisèle demande à une des femmes assises d'ouvrir la fenêtre. Une petite fenêtre à guillotine. Quand elle tourne ma chaise dans cette direction, je compte le nombre de personnes qui passent dehors. On ne voit que des souliers ou des sandales défiler. Je pense que peut-être ces sandales et ces souliers errent sans corps, qui eux, sont à la maison à se reposer. On ne saura jamais.

Parfois, quand elle est devant moi, j'ai presque le nez dans ses gros seins. Je bouge la tête. Elle me dit de ne pas bouger, sinon je n'aurai pas les cheveux coupés égal. Quand elle s'approche le visage de moi, pour couper mon toupet, elle plisse les yeux, ferme un œil, regarde si c'est bien coupé. Elle a l'acuité d'une chasseuse. Elle reste longtemps devant mon visage. Ses doigts sentent la mousse Alberto et la cigarette. « T'as l'air d'un ange. » Je lui fais un sourire. Son visage plein de taches de rousseur me donne envie de toutes les compter. J'aime compter les choses. Je lui demande combien de battements de cœur nous sont alloués avant de mourir.

— C'est donc ben une grande question pour un si petit gars.

Elle prend un temps pour réfléchir. Elle regarde au plafond comme si la réponse à ma question se trouvait là.

— Je sais pas, mais quand j'y pense, ça me fait pomper le cœur plus vite, alors calmons-nous le pompon, hein.

Gisèle garde une bobby pin entre ses lèvres pincées. Elles sont couleur prune et rendent son teint verdâtre. D'ailleurs, c'est sans doute pour ça que les gens racontent que c'est une sorcière. On dit qu'elle est une voleuse de mari, une briseuse de mariage. Je ne vois pas le danger, parce qu'on s'échange des sourires complices dans le miroir. L'autre jour, à la messe, elle était assise en retrait, tout au fond de la mémoire des gens. Après la communion, mon père est allé lui parler. Ils étaient debout devant le confessionnal, il a replacé une mèche de ses cheveux derrière son oreille. Elle a souri. Puis a replongé ses yeux dans les siens. Maman insiste toujours pour que ce soit elle, et pas mon père, qui m'emmène chez la coiffeuse.

Je regarde au sol mes cheveux coupés. Nuage blond éventré. Même si j'ai passé un beau moment avec la coiffeuse, je sens une pointe d'amertume m'envahir. Je me sens amputée. J'ai la même coupe de cheveux que le petit gars sur l'affiche. Je ne me ressemble plus, je ressemble à quelqu'un d'autre. J'ai les mêmes cheveux que Nick Carter. Je pourrais être sa doublure, si jamais les Backstreet Boys avaient besoin. Gisèle enlève ma cape noire d'un geste magistral. « Tadam ! » Je ne suis pas moi. Je suis quelqu'un d'autre. Je ne me reconnais pas dans le miroir. Je passe ma main sans arrêt sur mon crâne pendant qu'elle va vérifier les cheveux des dames du fond. Elle en profite pour s'allumer une autre cigarette. Je passe mes doigts dans les longueurs survivantes, ensuite sur la zone qui a passé sous le clipper. On a coupé à blanc ma féminité. Dorénavant, j'aurai peur de me laver les cheveux, parce que je devrai passer mes mains sur ces poils drus qui se rebroussent sous le passage de mes doigts tristes.

— Je l'aime ben, ta mère, mais tu y diras que je suis pas une gardienne, me dit Gisèle. Tu diras qu'elle peut me payer à la fin du mois, c'est pas grave, c't'un bon mois, alors je suis pas stressée.

Encore deux heures à attendre qu'elle revienne. Une des dames s'en va avant le retour de ma mère et une autre cliente arrive. Je passe deux heures à m'imaginer à quoi ressemble, à l'étage, le repaire de la sorcière. Il y a peut-être des hommes qui sommeillent, victimes d'un sortilège. Les maris disparus. Les éclopés de l'amour. Je passe deux heures à rêvasser aux longues et radieuses nattes de mes camarades féminines, et à me demander pourquoi les garçons doivent garder leurs cheveux courts alors que moi, je veux les cheveux de Raiponce.

Ma mère nous emmène à la plage. Ça lui prend une éternité à sortir de la maison. Olivier et moi, on l'attend avec nos seaux, nos pelles, nos serviettes multicolores. Elle doit revérifier que les fenêtres sont bien fermées et verrouillées, et ce, même si elle sait qu'elles le sont déjà. Elle a peur que quelque chose entre pendant que nous sommes partis. Elle dit que s'il pleut, ça pourrait inonder la maison. J'imagine notre petite maison à la dérive, sur le fleuve Saint-Laurent.

Après les fenêtres, c'est au tour du four et ensuite de l'évier. Ça fait dix minutes qu'on poireaute, bientôt nous prendrons racine dans le jardin. Il n'est pas question de partir tant qu'elle n'a pas mis les mains sur les ronds de la cuisinière au moins cinq fois. Je me demande ce qui se passerait si elle avait oublié de fermer un rond. Elle passe ses doigts sous le robinet à la recherche d'une goutte annonciatrice d'un cataclysme. Ce manège, ou ce rituel, je ne sais pas encore comment le nommer, n'est pas suffisant. Elle vient nous voir, l'air désemparé.

— Déposez vos serviettes et vos seaux dans la voiture et allez vérifier dans la maison si tout est correct.

On doit faire la guerre à l'invisible menace. Olivier et moi, on comprend qu'il n'y a aucune raison de s'inquiéter. Les poignées du robinet sont tellement vissées qu'il n'est plus possible de les tourner. C'est alors que l'idée d'aller chercher son Polaroïd me traverse l'esprit. Je décide de passer chaque fenêtre, chaque porte, chaque verrou et tout ce qui inquiète ma mère sous le flash de l'appareil. Je ressors avec une dizaine de photos dans mes mains. Je les lui tends. Ma mère est surprise.

— Tu pourras regarder les photos si tu penses que t'as pas fermé quelque chose.

Ma mère me gronde.

— Pourquoi t'as gaspillé toutes les photos ? C'était pour la plage.

Je reste figée. Elle reprend ses esprits.

— C'est pas grave. Je vous fais confiance. Si jamais y'arrive quoi que ce soit, ce sera de votre faute.

Elle range les photos dans son sac à main. Son merci a de la misère à passer entre ses lèvres, mais il est là, une larme à l'œil.

Le fleuve m'apporte sa bénédiction revigorante. Je me sens renaître dès que j'entre dans l'eau. Je prends de grandes respirations salées, je les garde jalousement en moi, elles me permettent de flotter. C'est la seule chose qui peut apaiser mon tempérament fougueux. Nous nageons, Olivier et moi, sous le soleil de l'après-midi jusqu'aux tremblements, jusqu'aux lèvres bleues de l'urgence. Nous sortons pour nous réchauffer. Mais nous y revenons toujours. Je me laisse aller à la dérive sur le dos. Je suis une banquise qui n'a pas besoin de rivage. Je n'ai pas besoin d'autre chose que de cette chaleur estivale sur mon visage, qui contraste avec le reste de mon corps immergé et frigorifié. Les frissons resserrent l'épiderme. Je me sens dépouillée de tout.

Ce moment de baignade est le seul où j'ai la certitude que personne ne va nous achaler. Nous pouvons nous reposer des flèches verbales et vindicatives. Aucun enfant ne voudrait se plonger dans une eau aussi glaciale. Quel autre enfant préfère l'engelure du froid au confort d'une piscine municipale bondée ? Je me sens téméraire. Ça me donne le sentiment d'avoir une emprise sur eux. D'où sortons-nous pour être ainsi immunisés contre le froid ?

Des mouettes laissent échapper leur plainte et tricotent le bleu du ciel avec leur blancheur immaculée. J'en suis une du regard tout en continuant de flotter. Leur plainte est distordue à cause de l'eau dans mes oreilles. Elle ressemble à un tambour frappé d'une douceur chaleureuse, ou peut-être que c'est mon cœur que j'entends. Je m'étonne de mon cœur, qui me permet de faire des pirouettes aquatiques, de nager, d'aimer trop de garçons à la fois.

Je me chamaille avec mon frère. Il veut être le roi de l'Océan. Je lui grimpe sur les épaules et lui frotte le crâne rasé avec mes phalanges pour provoquer un échauffement désagréable. Il déteste quand je fais ça, mais je sais que de cette façon, je peux avoir ce que je veux. Nous sortons un peu de l'eau. Je ne sens plus mes pieds. Je les enfouis dans le sable blond brûlant. J'en prends dans mes mains et le fais couler sur mes cuisses qui frissonnent encore. Ça fait l'effet d'un pétillement. Olivier fait des châteaux de sable. On cherche ensemble des choses sur la grève pour les ornementer. On se rend jusqu'aux bosquets en périphérie et on revient avec des branches, des pierres, des petits coquillages ou des morceaux de verre coloré polis par les marées.

Ma mère a choisi l'endroit où nous installer. Elle a un grand chapeau de paille qui fait de l'ombre sur ses épaules et un peu sur sa poitrine. Elle a l'air d'un parasol qui n'arrête pas de parler. Elle sort la radio et met une cassette des succès de Joe Dassin. C'est lui qui va chanter notre été. Elle a un amour fou pour lui. Chantonne à toute heure. Elle dit que la chanson *Dans les yeux d'Émilie* a été écrite pour elle, parce qu'elle s'appelle Émilie aussi.

— Votre père pis moi, au centre des loisirs, on savait pas comment se dire qu'on s'aimait. Joe Dassin est parti et on a dansé ensemble. J'ai pris ça comme un signe. Olivier, écoute-moi, là, je vous raconte de quoi. Alors c'est ça, on s'est embrassés à l'insu de nos parents.

Embrasser devient pour moi, à partir de ce moment, une façon de garder les choses près de moi, une façon de faire en sorte qu'elles ne disparaissent pas. J'ai soudain envie d'embrasser mon lit et chacun des arbres de la forêt. Je me laisse bercer par la voix chaude et enveloppante de Joe. Lui seul sait comment me calmer. Ses chansons m'emballent comme une douillette. J'imagine ma mère sortir un jour avec lui. Il nous parlerait du monde qu'il voit et vit grâce à ses tournées de l'autre côté de l'océan. Je pourrais dire à tout le monde que Joe Dassin, c'est mon père (après tout, il est là plus souvent que lui) et tout le monde m'admirerait pour ça, tout le monde voudrait savoir c'est comment, être la fille de Joe Dassin.

En attendant, Joe remplace Joel, mon père. Quand le refrain embarque, elle me prend par les mains et nous dansons ensemble dans le sable. Ma mère en perd son chapeau. Cette danse, elle ne l'avouera jamais, c'est une sorte d'invocation pour que mon père vienne travailler au village comme foreman au lieu de s'exiler dans cette contrée lointaine de la Côte-Nord comme travailleur forestier. Ma mère danse encore. C'est comme ça que je l'aime, ma mère, quand elle ne se laisse plus abattre par les orages et qu'elle sourit.

Elle badigeonne son corps frêle d'huile pour bronzer. Elle a maigri, je m'en rends compte parce que ses clavicules sont saillantes. Un parfum d'ylang-ylang paradisiaque, de rose sucrée et de noix de coco gourmande charme mes narines. Les vagues de ses cheveux châtains se fracassent sur ses épaules pour ensuite tomber en douceur jusqu'au milieu de son dos. Quand elle a fini, je lui demande si elle peut m'en mettre un peu.

— Tu vas sentir la fille.

Je m'en fous. Elle me badigeonne à mon tour. Huilée comme ça, ma mère me fait penser à ces opales miroitant de tous leurs feux. Elle est le trésor le plus précieux de la plage. Regardez-la, c'est ma mère. J'ai beau cueillir des coquillages pour écouter ce que la mer me soufflera dans l'oreille, c'est toujours la voix de la mienne que je préfère. Un moment, elle plonge dans ses pensées, et je comprends qu'il me faut retourner à l'eau. Elle est dans un état presque végétatif. Si ma mère est une maison, elle est désertée, ses meubles dorment sous des bâches de plastique.

Un homme s'approche de ma mère. Il est grand, il a le dos large, il porte un bermuda bleu ciel et une chemise jaune citron. Il est difficile à manquer. Il a pris la liberté de secouer sa serviette au vent pour ensuite la déposer près de la sienne. Il s'installe. Elle ne semble pas réagir. Après un certain moment, elle relève son chapeau, se rassoit et commence à échanger avec lui. La conversation s'anime. Ma mère revient à la vie, possédée par des gestes grandiloquents. Elle gesticule comme si elle se noyait dans son bonheur.

Quand nous sortons définitivement de l'eau pour les rejoindre, elle et l'homme mystérieux, elle nous annonce qu'elle a rencontré un horticulteur et qu'il faut nous réjouir parce que nos pommiers vont enfin pouvoir refleurir.

C'est ainsi que Bernard transperce nos vies. Ses cheveux poivre et sel lui donnent l'air plus vieux. Il ressemble à un harfang des neiges, avec ses yeux globuleux ambrés et son nez aquilin. Il vient chaque fin de semaine s'occuper de nos pommiers sauvages. Il coupe les branches mortes ou pourries, nuisant à la croissance des arbres. Il termine en vaporisant le feuillage d'une fine bruine empestant le verger pendant plusieurs minutes. Ça fait plisser mon nez. Bernard m'envoie la main. Chaque fois qu'il arrive avec son vieux camion bruyant sorti tout droit de je ne sais quelle époque en noir et blanc, ma mère émerge de sa chambre à l'étage comme au sortir d'un rêve. Elle descend l'escalier en trombe, met une petite veste et sort en agitant la main. Son accueil est d'une chaleur qu'elle réserve habituellement pour le temps des Fêtes. Elle se coule un café, s'installe dans une chaise en osier sur le porche et le regarde travailler. Un sourire de satisfaction illumine son visage.

Parfois, elle se rend jusqu'aux pommiers, leur chuchote des secrets. Le temps de la cueillette arrive. Olivier et moi, on grimpe dans les arbres afin de secouer les branches et de faire tomber les pommes dans de grands filets au sol.

Ça arrive à ma mère d'aider Bernard. Elle tient l'échelle et lui, il tient son rire au bout de chacune de ses phrases. C'est doux de la voir comme ça. Elle cuisine des tartes pour le remercier et nous avons droit au restant du mélange. On se délecte de la bonne humeur de notre mère tombée dans les pommes.

Elle parle de lui, toujours au Il, ne l'appelle jamais par son prénom. C'est curieux, parce qu'à l'école, on nous dit qu'il n'y a que Dieu qui peut être appelé ainsi.

L'euphorie d'une nouvelle personne dans nos vies s'estompe assez vite. Quand on va au village faire les emplettes, les regards sont pesants. À l'épicerie, le propriétaire parle de Bernard à ma mère alors qu'il passe notre commande à la caisse. « Y'a un accent des States, ton horticulteur. Il se réfugie-tu icitte parce que y'a commis un crime là-bas, coudonc ? » « Comment ça son camion est toujours chez vous ? » « Y'é pas avec vous aujourd'hui, c'est rare, ça… » Ma mère roule des yeux et soupire. Et je suis troublée, parce que soudain, j'ai honte d'être son enfant. Le gérant dissimule mal son rire.

Ma mère perd son éclat d'opale au fil des jours. Elle se réfugie dans un mutisme nouveau, de plus en plus long. Dans la cour d'école, on nous dit que notre mère est une pute parce qu'un homme vient tout le temps chez elle. Les petites vipères dans la cour d'école n'en démordent pas. On met ça sur la faute de l'horticulteur. Il n'a pas de femme. « Tu viens plus à l'église parce que tu sais que tu vas brûler, hein ? » « Ta mère est une pute, ça fait de toi un bâtard. » « Si ça se trouve, ton père, c'est pas ton vrai père. »

Ça sonne sale. Rouge. Des craquements de tibias. Des drapeaux ensanglantés. Foncer. Foncer tête baissée dans la ronde des filles qui s'amusent sous le regard ébahi des garçons.

On me pousse. Me bouscule. On me saisit les bras. Une fille me donne une gifle sans que je la voie arriver. C'est certain qu'elle ne sera jamais mon amie, elle. Les rires fissurent de haine leur visage. « Lavez-vous les mains après avoir touché au petit pouilleux. » Les oiseaux s'envolent dans le cri commun des jeunes loups, comme pour ne pas être témoins. J'ai envie de mordre. De leur donner ma rage. Qu'ils essaient de passer un jour tranquille après, avec cette rage qui crispe le cœur et donne envie de se balancer par une fenêtre.

Mes paupières se referment sous le passage d'un grand frisson. Je pousse le premier garçon à ma portée. Il tombe sur l'asphalte. Ce n'était pas prévu, je voulais seulement qu'il se tasse pour que je puisse passer. Cette vision d'un malfrat ridiculisé devant toutes les filles, cette vision de lui vulnérable cherchant à comprendre ce qui vient de se passer est délectable. Le voilà qui pleurniche. Plus personne ne dit un mot.

— Laissez-moi tranquille !

Les veines me sortent du cou et je sens mon cœur battre dans mes tempes, ma vision est bleuie par la violence.

Privée de récréation pour une semaine et un appel à ma mère. Ce n'est pas une grosse punition. Je préfère fixer le mur blanc de la classe de détention que de me retrouver avec les autres. Je planifie quelque chose pour sortir ma mère de sa tristesse. Je veux ramener mon père dans leur lit.

Un jour, la rumeur selon laquelle ma mère est amoureuse de Bernard l'horticulteur emprunte la 138 et se rend jusqu'aux oreilles de mon père. Au téléphone, ma mère tente d'étouffer un orage. Elle supplie mon père de comprendre que Bernard est seulement un bon ami. Elle ferme la porte de la chambre et je n'entends plus rien. Que ses sanglots qui serpentent autour de mes chevilles et me font pleurer à mon tour.

Je suis avec Olivier dans sa chambre en train de jouer avec des figurines. Un pick-up entre en furie dans la cour. Je me demande pourquoi Bernard vient à cette heure tardive. Mais je reconnais aussitôt le pick-up vert forêt de mon père. Le camion poursuit sa route dans la cour pour arriver devant l'entrée, la poussière se soulève à son passage. Ma mère sort, sans hâte, comme si elle s'apprêtait à plonger dans l'eau froide d'un lac. J'assiste à la formation d'une autre tempête. Au début, tout est calme. On pressent à peine dans les os l'arrivée de la pluie. Mais la tension est palpable. Si on craquait une allumette, on provoquerait à coup sûr une explosion. Leurs voix prennent de l'amplitude. Je cherche à comprendre de quoi ils parlent, mais elles se superposent dans l'écho d'un canon.

Nous nous précipitons sur le perron. Ma mère nous ordonne de rentrer. J'ai envie de me pisser dessus. C'est la première fois que mon père ressemble à un monstre, la rage a déformé ses traits. Je me cache derrière Olivier pour me protéger. J'agrippe son chandail de toutes mes forces. Ma mère s'avance vers mon père, toujours au volant, qui vient de baisser sa fenêtre. Il ne veut pas sortir de la voiture. Il repousse ma mère en hurlant. Elle s'affale au sol. Se relève aussitôt. Se précipite devant le camion pour bloquer l'accès à mon père.

— Je vais t'écraser si tu te tasses pas ! crie-t-il.

Où sont passés les mots d'amour ? Mon père les a laissés sur la Côte-Nord.

Les voisins allument la lumière de leur porche, surpris tout comme nous. Ma mère ne bouge pas.

— Arrête, papa ! crions-nous en chœur, Olivier et moi.

Secouée de soubresauts incontrôlables, je pleure des mots déjà morts.

Maman pose les mains sur le capot.

— Essaie donc, pour voir.

Il ne cesse de lui crier dessus. Il se met à la traiter de pute, comme les élèves à l'école. Il fait une manœuvre d'évitement en accélérant et ma mère tombe de nouveau. Cette fois, elle ne se relève pas. Les pneus crissent sur la 138 et le camion disparaît dans la nuit. L'amour d'Émilie et de Joel vient de s'éteindre. Elle a les yeux pleins de larmes et de choses qu'elle ne nous dit pas. Elle se relève, nous prend la main et nous ramène à la maison.

— Allez vous coucher, bande de curieux ! lance-t-elle aux voisins encore sur leur seuil, voûtés comme des vautours. Y'a plus rien à voir !

Elle claque la porte derrière elle. On s'installe tous les trois sur le divan.

— Mes amours, va falloir être forts.

Elle nous caresse la tête et une angoisse germe dans la mienne.

— Joe Dassin est mort, hein, maman ? Parce que sinon, je pense que lui prendrait soin de toi.

Ma mère pleure et glousse en même temps. Elle nous serre fort contre elle et la fatigue suivant les émotions fortes nous endort.

Bernard n'est pas revenu à la maison depuis l'incident. Ça fait quatre semaines que ma mère reste plongée dans ses silences et parfois, je la surprends à pleurer devant ses casseroles ou en tranchant du pain. Elle regarde en direction des pommiers, s'essuie les joues. Est-ce qu'elle pense à Bernard ? Elle lave les comptoirs de façon insistante en repassant une dizaine de fois à chaque endroit. Peut-être dans l'espoir d'effacer ce qui s'est passé dans la cour quelques semaines plus tôt. L'automne sent le Windex et le Comet. Ça me lève le cœur.

Alors que je suis dans la rangée des pâtes à l'épicerie, j'aperçois Bernard, un panier à son bras. Il ne m'a pas vue. Il a l'air fatigué, avec ses cernes creusés. Ma mère arrive au bout de l'allée. Elle feint de chercher quelque chose dans la poche de ses pantalons beiges, dans son sac à main de cuir, elle cherche du courage dans la poche de sa veste. Il me semble que ma mère est finalement bien seule. Elle entrouvre la bouche et la referme aussitôt. Les deux se remarquent d'un bout à l'autre de ce corridor devenu silencieux. Les deux se jaugent, comme lorsque deux chiens de propriétaires différents se croisent. Elle ne semble pas heureuse de le revoir. Ils ne s'adressent pas la parole. Dans l'épicerie, une épaisse couche de glace s'est formée entre elle et lui. Elle change d'allée quand elle le croise de nouveau. Il y a tant de choses qui semblent vouloir sauter du bout des lèvres plissées de Bernard. Il a l'air bien pâle, dans son manteau bleu marin. Il a le dos voûté comme un vieil arbre. Il avance avec une lenteur qui indique la crainte. J'ai envie de les entendre. Je me dirige vers lui quand ma mère a le dos tourné. En me cassant le cou pour le regarder dans les yeux, je lui demande :

— Pourquoi ma mère t'évite ?

— Parce qu'elle m'aime et que ce n'est pas possible.

Je rejoins maman à la caisse. Au sortir de l'épicerie, je lui demande :

— Est-ce que tu aimes encore papa ?

Elle ne répond pas.

L'automne qui suit, on a des pommes qui ne goûtent rien.

Quand ma mère reçoit Bianca, une de ses amies du secondaire, elle s'installe toujours à côté du téléphone au cas où mon père appellerait. Bianca est mannequin pour des revues. Elle voyage beaucoup. Chaque fois qu'elle revient au Québec, elle s'empresse de revoir ma mère. Ses cheveux sont d'un noir de jais et chaque fois que de ses longs bras elle m'enlace, j'ai l'impression de plonger dans la nuit. Ses ongles manucurés pianotent dans mon dos. Je vais ensuite m'asseoir à table pour dessiner, en les observant du coin de l'œil.

Maman enroule le fil noir du combiné autour de ses doigts et elles jasent. Ses rires ne sonnent pas accordés avec le moment, il y a un délai. Bianca lui reproche de ne pas l'écouter.

— Joel va te revenir. Les gars, ça part, ça vient, ça part. C'est comme des vagues. Faut savoir rider le courant, chante Bianca, divorcée deux fois, la honte du village.

Elle fait tinter sa cuillère dans son verre, ses ongles vernis rose fluo sont la seule touche de couleur dans ce salon beige. Maman décide après quelque temps de changer de place et de s'éloigner du téléphone.

Je suis au centre-ville avec ma mère, Olivier n'est pas avec nous parce qu'il est chez un ami pour le week-end. On fait une balade. Joe Dassin a joué tout le long du trajet en voiture. Papa va revenir, il a appelé ma mère hier. On est fébriles. Je suis inquiète, parce que je ne sais pas s'il revient pour l'aimer ou s'il vient encore lui balancer un flot de bêtises. Elle veut acheter un nouvel ensemble de coutellerie pour recevoir la visite. Elle a le regard perdu au loin, les mains qui tremblent, la peau de sa lèvre inférieure est coincée entre ses dents, elle mordille avec insistance. Je repense aux cris, aux portes claquées, aux larmes, au camion qui emporte mon père loin de nous.

Quand nous arrivons à la brocante, la propriétaire, Hélène, finit de balayer les feuilles d'automne de l'entrée de sa boutique-cadeaux « Je me souviens ». Hélène nous invite à entrer et rappelle à ma mère qu'elle a droit à un rabais spécial parce qu'elle achète souvent ici.

Nous avons le choix entre des dizaines de services de coutellerie différents. Quand on tourne les ustensiles à la lumière pour les examiner de près, ils renvoient des éclats sur les murs. Je me laisse hypnotiser par les motifs lumineux. Ma mère les inspecte sous tous les angles comme s'il s'agissait de la chose la plus importante du monde. Dans sa petite blouse fleurie, elle arbore un air sévère qui me révulse, parce qu'il est souvent suivi d'une dispute. Un couteau dans les mains, elle contemple la lame pendant une bonne minute. Je me demande pourquoi elle s'intéresse à ce couteau de cuisine bien banal. À ce moment, elle fait glisser la lame sur la chair de son pouce. Je crois à une plaisanterie, mais un fin trait rouge se dessine sur son doigt. J'étouffe un sanglot, hébétée. Elle me remarque. Me lance un sourire nerveux. Est-ce que je rêve ?

Je me dirige vers la propriétaire pour l'avertir que ma mère s'est blessée, mais elle m'agrippe par la manche de mon col roulé. Je me retourne. Elle pose l'index sur sa bouche pour me faire signe de ne rien dire. Elle relâche son emprise. Un service de coutellerie sous le bras, elle règle la facture comme si de rien n'était. Elle jase avec Hélène.

— Si tu veux une tarte aux pommes, la prochaine fois je t'en apporte une.

Pendant ce temps, la poche de son manteau, dans laquelle elle a glissé sa main accidentée, s'imbibe d'une petite tache rouge. Elle me demande si je veux un sucre à la crème qu'Hélène a cuisiné. Je réponds oui par politesse et automatisme.

On retourne à la voiture. Elle place le service de coutellerie à côté de moi, qui m'assois encore en arrière parce que je ne suis pas assez grande pour aller devant. Elle conduit avec cette plaie qui saigne toujours. Le sang fait des rigoles comme des serpents qui mangent le volant.

— Maman, tu saignes.

Je trouve ça étrange de devoir lui rappeler qu'elle s'est blessée il y a même pas cinq minutes.

— Oh, c'est rien de grave, tu vois ?

Elle met son pouce dans sa bouche pour arrêter le sang. J'ouvre la fenêtre pour m'aérer et calmer mon envie de vomir.

À la maison, elle prend soin de sa blessure, la désinfecte, applique un bandage et commence à sortir les ingrédients pour le souper. Nous coupons ensemble les poivrons, les carottes et le céleri pour la sauce à spaghetti. Je n'arrive pas à surmonter la nausée dont j'ai été assaillie plus tôt à la brocante. Le reste du temps, je le passe à rêvasser sur le divan. Ma mère termine de mettre les verres sur la table quand les invités commencent à arriver. On ne s'entend déjà plus penser.

Je décide d'aller marcher dans le boisé, le temps de reprendre mes esprits. Quand je reviens, une demi-heure plus tard, mon père est assis avec ma mère sur le divan, entre deux autres amis. Ils partagent une cigarette. Des gens jouent aux cartes sur la table basse du salon. Ma mère semble préoccupée. Elle essuie ses larmes quand elle me voit et m'invite à venir dans ses bras. Mon père m'enlace à son tour. Je scrute leurs yeux, à la recherche d'un signe des gens qui ont pris possession de leur corps et qui jouent à être Émilie et Joel.

Ma mère fait des heures supplémentaires. Elle part le matin en même temps que nous. Elle étale du beurre de peanuts sur nos rôties et nous demande de couper nos bananes nous-mêmes, parce qu'elle est pressée. Elle nous envoie un bisou soufflé et se dépêche de monter dans la voiture.

Papa repart sur la Côte-Nord. Quand je raconte que mes parents ne sont presque jamais à la maison, mes camarades me regardent d'un air dubitatif. Martine s'inquiète et me prend à part après le son de cloche.

— Si y'a quoi que ce soit que je peux faire, je suis là.

Juste sa présence m'attendrit, elle fait déjà beaucoup.

Ma mère n'a pas le temps de jouer avec nous, elle a levé et lavé des corps de personnes âgées toute la journée, a dû gérer une crise de démence et s'est tapé au moins une crise de larmes dans la toilette en arrivant chez nous. Rien ne va plus entre elle et mon père, encore. Elle parle souvent des heures au téléphone avec Bianca, qui n'en peut plus.

Je passe un coup de fil à Mathias et je lui demande si je ne pourrais pas souper chez lui, ce soir. À mon arrivée là-bas, la mère de Mathias, Rachel, nous offre de la salsa et des croustilles en attendant. On a vite fait de finir le bol. On s'installe sur le divan et on regarde un dessin animé. Rachel embrasse Mathias sur le front, il l'embrasse à son tour. Ça me manque, les baisers de ma mère. Le père de Mathias, Benoît, est en train de réparer sa moto dans la cour. Mon père me manque aussi. Je pense à lui, ce soir, parti faire de la déforestation, pendant qu'il fait subir à l'amour une coupe à blanc.

Mathias et moi, on est subjugués par la croix au sommet de la montagne, qui est illuminée en cette fin d'après-midi d'automne. Elle éclaire avec tant de puissance qu'il ne faut pas la regarder trop longtemps. La croix semble flotter entre la cime des arbres qui sous peu perdront leurs feuilles. On se dit que Jésus ne doit pas dormir et qu'il nous surveille. Le soleil commence à s'endormir. Nos visages prennent une teinte dorée. Être avec Mathias provoque dans ma poitrine une agréable sensation, d'autant plus que bientôt, nous allons franchir l'interdit.

Je regarde de nouveau la croix. Demande pardon à Jésus. Mais c'est plus fort que moi. Le village est paisible. Pas un chat, tout au plus la rumeur d'un chien heureux de jouer dehors. Une odeur de pelouse coupée. Nos respirations sifflantes. Le murmure des peupliers. La froide caresse des pierres dans nos mains. Trop tard pour rebrousser chemin. Le soleil se couche et laisse une plaie orange à l'horizon.

— Ça veut dire que ça a été une chaude journée et qu'il fera encore chaud demain, dis-je à Mathias.

J'entends la voix de ma grand-mère me dire ça. Nous étirons nos bras. Comme des arcs tendus. Sans attendre, je lance la première pierre sur la vitre. Maman crie sur papa. Une deuxième pierre. Papa crie sur maman. Et une troisième pierre. Papa veut écraser maman avec son camion.

C'est la fenêtre du gymnase. Mathias tire, lui aussi. Je prends une plus grosse pierre et cette fois, je la lance avec mes deux mains. La fenêtre explose en miettes et les morceaux vont choir sur le sol dans un cliquetis féerique. La pierre roule et termine sa course en plein milieu du gymnase. Apaisante, la mélodie de l'éclatement des vitres et du déchirement du silence. J'ai envie de continuer avec les autres fenêtres, une fois pour toutes libérer les voix et les images violentes qui repassent sans cesse dans ma tête. Mathias me retient de lancer une autre pierre, parce que quelqu'un s'est approché de la cour d'école. Il faut partir. Prendre la poudre d'escampette. Je ne sais pas écrire mes luttes. Je m'en sors comme je peux.

Nous courons. Au détour d'une ruelle, mes souliers aux semelles lisses dérapent sur la glaise. Je me retrouve au sol. Le trottoir râpe ma cuisse et ma jambe droite. Mathias prend de l'avance. Je le perds de vue. Juste au moment où je commence à pleurer en me disant que je serai démasquée, il me relève. La course se poursuit. Mon tibia est ensanglanté. Des taches de sang derrière moi, pour ne pas oublier de retrouver le chemin jusqu'à l'origine de mon cri.

— Petits voyous, attendez que je vous attrape ! lance un inconnu dans le début du soir.

Je lui fais un « fuck you » sans me retourner, de peur qu'il me reconnaisse. Mathias me serre la main et accélère la cadence. Une impulsion électrique me traverse l'avant-bras et me coupe le souffle. J'ignorais à quel point j'avais attendu que Mathias me touche.

Nous entrons en trombe dans sa maison. Rachel et Benoît sont allés au cinéma. Mathias claque la porte et la verrouille aussitôt, puis il ferme les stores. Nous avons couru comme si nous étions dans une invasion de zombies. C'est excitant et terrifiant à la fois. Enivrés par la course folle et l'adrénaline, on s'effondre ensemble. Quelle aventure. Si je peux déambuler ainsi dans la vie sans que l'on me voie, c'est donc que je peux avoir le monde à mes pieds.

Pour enlever les grains de sable incrustés dans ma plaie, il se sert d'un linge qu'il a passé sous l'eau chaude. Je panique. Je ne ressens rien. Est-ce le choc de la chute ? Cette plaie, j'ai beau la regarder sous tous les angles, ce genou, cette jambe, j'ai l'impression que mon corps n'est pas le mien.

— Est-ce que je suis bien moi ? On dirait que c'est pas ma jambe.

Mathias me dévisage d'un air dubitatif. Il s'approche de moi et essuie la poussière de mon chandail. Il me regarde encore.

— Tu sens pas ta jambe pour vrai ? Je suis pas mal sûr que c'est du vrai sang, moi. Attends, je vais goûter, voir !

Il se penche vers mon genou. Je commence à rire. Il s'esclaffe à son tour. On dirait que je marche à côté de moi quand je me relève pour m'asseoir sur une chaise. J'aimerais pouvoir ressentir cette blessure.

J'ai peur que le trottoir me donne la rage comme le chien du voisin. Je m'imagine d'ici quelques minutes avec l'écume au bord de la bouche. La sueur coulant sur mes tempes, je demande :

— Combien de temps il me reste ?

— Voyons, c'est rien, je m'occupe de ça.

J'ai envie de toujours faire des remarques absurdes, seulement pour l'entendre rire comme en ce moment. Il fait couler du peroxyde sur la blessure, qui crée une mousse fascinante à son contact.

— Mets-en encore, c'est le fun !

Et j'admire une fois de plus l'émulsion du sang et de la mousse, comme si mon genou était devenu un volcan.

Il me montre une cicatrice qu'il s'est faite en tombant en vélo. Une demi-lune sur son avant-bras. Mathias serait donc le ciel. J'ai envie de l'embrasser. Dans le bas de mon ventre dansent de curieuses sensations.

Notre mission réussie m'apporte une grande fierté. Je suis soulagée pour un petit moment, jusqu'au prochain coup. On se tape dans les mains.

Ses petites canines dépassent de son sourire. Ses belles joues rosies par l'effort de la course ressemblent à deux pommes prêtes à cueillir. Je m'approche de lui.

— J'aime ça passer du temps avec toi.

Ça le fait sourire. Chez moi, toute la nuit qui suit, je n'arrive pas à dormir.

Chaque jour, j'essaie de me faire éliminer la première au ballon-chasseur pour pouvoir aller me promener. Sur le côté droit de l'école, celui qui donne sur la forêt, près de la clôture en bois, des briques forment un monticule. Des briques pas encore placées sur le mur qui s'effondre. La façon dont elles sont disposées fait penser à un escalier et me donne une idée. Je les escalade sans trop de problèmes, j'aime escalader les choses. Je me dis qu'avec ce monticule, je pourrai enfin aller de l'autre côté de la clôture. Je suis tellement discrète que personne ne remarque mon absence, pas même Martine. L'écho des jeux me parvient comme une musique reposante. Dans l'anticipation féroce du vertige, j'entreprends l'escalade de la clôture à l'insu de tout le monde.

Le sentier serpente jusqu'à disparaître dans le ventre de la forêt. Fascinant et effrayant. On raconte qu'un soir, un jeune garçon téméraire a pris le VTT de son père pour faire son petit rebelle et qu'il est mort en percutant un arbre à pleine vitesse. On dit aussi que son fantôme erre sous les cèdres, à la recherche d'autres enfants à emporter dans l'au-delà.

Le soir, on entend parfois un vrombissement de moteur. On prétend que c'est possible que ce soit le VTT meurtrier ; la monture du prince fantôme triste. On dit aussi que si on ne rentre pas à la maison après une certaine heure, on va y passer. Les enfants du village ne plaisantent pas avec ça. C'est notre bonhomme Sept-Heures à nous. On est chanceux d'avoir une histoire aussi originale. C'est admirable qu'un garçon ait essayé d'échapper à l'autorité de ses parents pour aller explorer le monde en passant par ce sentier. Ça m'inspire. Moi, je vais faire mieux, je ne vais pas mourir en pleine mission. J'y arriverai. J'enverrai des cartes postales à mes parents pour dire que je ne les oublie pas, mais que je suis quand même contente d'être loin d'eux. J'accomplirai ce que lui n'a pas réussi. Un exploit dont on parlera pendant des générations.

Mon corps est aspiré par le vent qui s'engouffre dans le sentier. J'enfourche la clôture. Je suis au sommet. À moitié dans la cour de récréation et à moitié dans le monde à explorer, plein de promesses et de rédemption. L'été indien marque mon front de sueur, je le prends comme une approbation bénite. « Viens », me murmurent les arbres. « Viens. »

Mais quelqu'un crie parce qu'il reçoit le ballon en pleine figure et je sursaute. Je perds l'équilibre. Dans ma chute, un morceau de clôture s'est planté dans ma cuisse. Un éclair me traverse. Cette douleur, je la sens. Ça me rassure à propos de l'autre douleur que je n'ai pas ressentie, l'autre jour. À ma grande déception, je m'aperçois que je suis retombée dans la cour.

Ma sueur refroidit et me gèle la nuque. Pendant un quart de seconde, j'étais une sainte effigie de la conquête de l'autre monde. Je m'en veux d'avoir moins bien réussi que le prince fantôme triste. Je me sens ridiculisée. J'ai envie de me frapper tant je suis pleine de rage. Un attroupement se forme, curieux, autour du corps qui n'est à personne. Certains élèves ont les sourcils froncés, d'autres rient à gorge déployée. Quand est-ce qu'il y aura un jour où je ne serai pas la risée de tous ? Je me décompose dans une langueur moite.

Une fois dans le bureau du directeur, je subis son sermon. Il a une barbe blanche et j'ai l'impression d'être sermonnée par cet homme au-dessus des nuages qu'on appelle Dieu.

— Mais si y'avait pas eu de barrière, y'aurait pas eu d'accident, Monsieur. Pourquoi nous tenir captifs comme des poules ?

Le directeur reste sans voix un instant. Martine renchérit sur le sermon en disant que j'aurais pu me blesser gravement. Sa joue tressaute comme une mitraillette. Je ne les écoute plus. Je repense à l'euphorie que j'ai ressentie en haut de la clôture. Je veux encore sentir ça. Je veux aligner ces quarts de seconde comme un collier qui me rappellera que je suis vivante.

Un jour, je vais passer sous les cèdres et me lierai d'amitié avec d'autres fugitifs de mon espèce. Rien ne nous empêchera de creuser dans la terre pour nous y réfugier.

— J'ai compris votre message, je ne recommencerai plus, promis (blablabla), je pense que ce serait le temps d'aller soigner ma blessure, non ?

Le directeur et Martine se confondent en excuses ; trop absorbés par leurs réprimandes, ils avaient oublié que je m'étais blessée. Ces adultes, il faut toujours les ramener à l'ordre.

Je retourne en classe avec un pansement. Je pense à la mort. Au fait de mourir sur une chaise en plastique à l'école, dans le bruit des ciseaux qui mangent le carton pendant une activité de bricolage. Je pense au fait que j'aurai la mort la plus ridicule au monde. Je pense que c'est peut-être la dernière fois que je vois cette poussière de craie qui scintille et flotte dans les traits ardents du jour, à Martine que je n'osais pas appeler quand je suis tombée, parce que je voulais rester seule dans ma douleur.

Sur le bureau de Martine, il y a une statuette de Jésus qui me regarde avec ses clous plantés dans les paumes. Tôt ou tard, il révélera sans doute que c'est moi qui ai brisé la fenêtre du gymnase. On cherche encore le coupable. En m'immisçant dans une conversation entre le directeur et Martine, je glisse, mine de rien : « C'est peut-être pas quelqu'un de l'école, vous pensez pas ? » Jésus continue de me fixer. « Moi, je tiens encore debout. Toi, tu es minable, et tu n'as rien dans le ventre. » J'ai envie de pleurer.

Je sens que ma plaie va s'ouvrir d'un battement de cœur à l'autre, qu'elle veut me parler. Peut-être qu'elle trouverait les mots à ma place. J'ai envie d'y insérer mes doigts pour y découvrir comment vivre avec des parents qui ne s'aiment plus.

Je me réveille dans le blanc immaculé d'une pièce réservée aux soins. Je suis alitée, une serviette froide sur le front. On me raconte que je me suis évanouie sur mon pupitre. On me pèse. On me demande si je mange bien à la maison. Des repas congelés, la plupart du temps, rehaussés avec du ketchup aux tomates et du poivre. Je leur explique pour mon père et ma mère, et j'ajoute que celle-ci est en plus occupée à faire des doubles.

On me donne un jus d'orange. L'acidité me lève le cœur. On me donne une pilule afin de soulager ma douleur. Je n'ai jamais avalé de pilules de ma vie. Mes premières fois, je les tente à l'abri des autres, habituellement. À cause de mon escalade ratée, on m'affuble déjà du surnom de singe manqué. Plus tard, ce sera petite fille manquée. Toujours manquée. Jamais réussie.

Ma mère a été appelée quand l'accident est arrivé, et elle vient nous chercher juste un peu avant la fin des classes, question que tout le monde nous remarque. Elle sort de la voiture, son uniforme encore sur le dos.

— Qu'est-ce que je vais faire de toi ? Pis toi (elle regarde Olivier), comment ça se fait, donc, que tu t'occupes pas de ton frère ? !

Olivier a la mine basse.

— Qu'est-ce que je vais faire de toi, mon petit… je pourrai plus partir au travail tranquille. Je vais toujours avoir peur de revenir vous chercher, je vais toujours me dire : qu'ossé qui pourrait ben y être arrivé aujourd'hui ?

Sa voix se casse.

— Tu vas-tu te mettre à grimper sur le toit des maisons pis t'estropier en tombant ? Va-tu falloir qu'on te pousse en chaise roulante ? Là, va falloir que tu coopères, donne-moi une chance, là. Qu'est-ce que je vais faire de toi ?

Martine semble sur le point d'intervenir. Je ne réponds pas. Je ne sais pas comment entrer dans le monde, comment être bien rangée comme les autres qui ne déplacent pas d'air. Je pleure.

— Hein, qu'ossé qu'on va faire de toi ?

On va faire notre possible, maman, on va faire notre possible.

Quand je vais chez Mathias, c'est toujours spécial de voir les autobus partir sans moi. On marche jusqu'à sa maison en se chamaillant gaiement. Son sous-sol, c'est notre lieu de rassemblement préféré. Nous jouons avec les coussins d'un vieux divan remisé qui empeste les boules à mites, on fait des radeaux avec des boîtes vides. Il y a un endroit, près de la tinque à eau chaude, où des choses sont entassées dans un coin un peu n'importe comment, menaçant de tomber à tout moment. L'équipement de hockey de son père, les raquettes de tennis de sa mère et des bâtons de golf, pêle-mêle. Rachel nous apporte nos grilled-cheese qu'elle vient de cuisiner. Après avoir englouti le succulent repas, on donne libre cours à notre imagination avec des craies sur le tableau noir. Le talent de Mathias en dessin est indéniable. Il réussit à me faire croire qu'existent pour vrai les animaux surréalistes qu'il vient de mettre au monde.

Quand on joue aux jeux vidéo dans le salon, il me demande pourquoi à Mario Kart, je prends toujours la princesse Peach. Je lui réponds que c'est parce qu'elle est blonde, qu'elle a les yeux bleus comme moi et parce qu'elle a le teint pâle, aussi.

J'envie sa longue crinière soyeuse et je veux avoir des perles suspendues à mes lobes d'oreille, moi aussi.

— D'accord, mais c'est une fille, pourquoi tu prendrais pas un gars ? me répond-il, un peu agacé.

Je lui dis qu'elle me ressemble plus que le dinosaure vert ou la tortue avec des ailes. Le malaise ne dure jamais bien longtemps. Nous avons l'esprit compétitif et il faut qu'on se concentre pour gagner la partie.

Je perds souvent quand je joue contre lui. Il me taquine avec sa victoire. C'est agréable quand il me donne des coups de poing sur l'épaule. Sa mère nous demande comment on va. Chose que la mienne ne fait pas, ça fait changement. Elle nous demande d'un ton doux d'aller jouer dehors. De toute façon, la cassette dans la console est devenue chaude parce qu'on joue depuis trop longtemps. Ma mère à moi, elle aurait haussé le ton. Je me demande si je ne pourrais pas avoir deux mères. Ça serait génial.

Quand on rentre pour manger, les saveurs se bousculent dans ma bouche et me chavirent. Le poulet fond avec une telle rapidité, je me dis que c'est ça qu'ils doivent manger au-dessus des nuages. Ça vient calmer mon ventre noué par le stress de ne pas avoir de nouvelles de papa. Ici, c'est un havre de paix. Les problèmes n'existent pas. Mon père est parti tellement vite. J'apprends à apprécier les moments comme si c'étaient les derniers.

Un matin, j'arrive en classe. Je cherche Martine du regard. C'est inhabituel qu'elle ne soit pas là avant les élèves. Les stores des fenêtres au fond de la classe sont encore fermés. J'entreprends de les ouvrir. Elle me permet tout le temps de le faire avec elle. Mathias me donne un coup de main. Une dame entre dans la classe. Elle ressemble à une corneille avec son grand nez où reposent des lunettes, dont les branches sont reliées avec une chaîne en argent qui capte la lumière. Elle survole la classe du regard, nous demande de gagner nos pupitres. Un diagramme dans les mains, elle demande de lever la main quand elle prononce notre nom. Toute de noir vêtue, elle fait concurrence à la coiffeuse du village pour le titre de sorcière. En fait, cette dame ressemble à l'hiver.

— Je m'appelle Christine. Je remplace votre professeure Martine pour deux semaines. Elle a eu un petit incident à vélo. Assoyez-vous avant que la cloche sonne.

Mathias et moi, on s'échange un regard. On sait qu'on va passer un mauvais quart d'heure avec elle.

Un froid règne dans la classe les jours suivants. Plus personne n'ose poser de questions. Une fois,

Mélissa, une camarade de classe, a eu droit à la médecine de la sorcière. Elle lui a posé une question sur une équation.

— Bon, ça aura tout pris à Mélissa pour trouver la réponse, je me demande bien si vous êtes tous comme elle...

Mélissa, rouge de honte, restera silencieuse pendant tout le temps que Christine sera notre suppléante.

Je fais mon possible pour que Christine, la corneille, n'ait pas droit à mon sourire. Je le réserve pour Martine. Je ne lui adresse pas la parole non plus. J'ai l'impression que je vais avoir une claque derrière la tête quand elle passe en arrière de moi pour surveiller nos travaux. Habituellement, nous lisons une fable de La Fontaine chaque matin avec Martine, mais le régime de terreur instauré par la nouvelle ne laisse pas de place pour ce genre d'activité. J'ai peur de me transformer en pierre si je la regarde dans les yeux. Mathias a le hoquet.

— Va attendre dans le couloir, tu déranges la classe, Mathias.

Son hoquet passe au travers de la porte. Christine remarque que je ne cesse de fixer la porte, de penser à mon ami qui est en punition injustement.

— Le nez dans vos cahiers. Allez.

C'est le temps des photos de classe. Nous sommes dans le gymnase. Je remarque qu'ils ont mis de nouvelles fenêtres avec un grillage. « Pour résister aux mauvais coups des petits voyous », nous a dit le directeur avant de retourner dans son bureau.

Nous sommes assis sur des longs bancs en bois chambranlants. Si quelqu'un bouge, toute la rangée le sait tout de suite. J'ai l'impression d'être sur un bateau qui ne va nulle part. Assise les mains sur les genoux, je me sens ridicule dans le chandail gris que mon frère Olivier m'a refilé. Le dessin de Mickey Mouse est un peu craquelé par l'usure. Tous les autres portent des salopettes, des cols roulés ou des cardigans bien soignés. J'essaie de dissimuler les taches de sauce à spaghetti sur le rebord des manches. Je les regarde, dans leur enthousiasme exacerbé, j'aimerais les rejoindre dans leur fébrilité, mais je suis plutôt terrifiée parce que je ne sais pas sourire pour vrai. Ce qui me rend heureuse, c'est quand je brise des fenêtres, quand j'escalade des clôtures pour me sauver, quand je me fais mal et qu'on prend soin de moi.

En solo, le photographe me demande la pire chose : sourire. Cette fois, je ne peux pas me dissimuler dans cette faune de visages de chérubins souriants. Je suis aux prises avec la créature qui me fixe. Celle qui capte ma tristesse, et qui, pire encore, l'immortalise. Les flashs se succèdent.

— Je peux pas te laisser partir tant que tu me donnes pas ton plus beau sourire, mon petit. Pense à un bel événement, me dit le photographe.

Je cherche, je creuse, la plage. Je ne vois plus le visage du photographe, il devient un point orange qui pulse. Je suis prise de panique quand je m'aperçois que je ne sais plus sourire sur commande, ni même faire semblant, et que je n'ai pas de souvenirs auxquels m'accrocher. Je finis par lui donner ce qu'il veut, un sourire forcé. Parce qu'il m'aura fallu toutes mes forces pour le lui offrir.

Une semaine plus tard, nos photos nous sont remises. La classe est survoltée. Christine nous permet de passer un petit dix minutes à les échanger. Elle nous remet à tous sur notre pupitre une de ses propres photos. Quel affront. Une photo pour nous rappeler que nous n'aurons pas celle de Martine. Je regarde mes photos. On dirait qu'il n'y a personne derrière mes yeux bleus. Je reconnais tout de suite ma mère dans cette absence triste. Si seulement j'avais les cheveux plus longs, il me semble que la photo serait meilleure. Je pensais avoir donné mon meilleur sourire à la fin, et tout ce que je vois, c'est un visage grimaçant tordu de douleur. Je n'ai pas envie de la donner. J'ai honte. Mathias insiste pour en avoir une, je fais une exception. Je regarde dehors. La clôture me tente encore. Un jour, j'aurai ma vengeance, je leur montrerai de quoi je suis capable.

Mathias me remet sa photo : il a des joues roses, comme s'il s'était maquillé, ça lui fait ça après qu'il a ri. Je range aussitôt la photo dans mon agenda.

— Dommage qu'on n'ait pas de photo de Martine, c'est pas mal la prof préférée de tout le monde, dis-je à voix haute pour que la corneille m'entende.

Elle lève les yeux de son cahier et me darde d'un œil noir. Ça me fige sur le coup, mais je soutiens son regard. C'est pas vrai que tu vas me changer en pierre, Christine. À la fin de l'échange, je déchire sa photo en miettes que j'enfouis dans ma poche pour les jeter plus tard dans les toilettes. Mathias me voit faire, il est un peu hébété, mais ne dit rien. Nous allons chez lui après les classes pour terminer notre partie de jeu vidéo.

Ma mère va maintenant de plus en plus souvent en ville, rendre visite à des amies de longue date déménagées là-bas. Elle revient la plupart du temps avec une odeur d'alcool. Mon angoisse est difficile à gérer. J'ai beau la supplier de rester à la maison avec nous, ce n'est pas possible de la faire changer d'idée.

— Olivier est assez grand pour vous garder.

Je pleure jusqu'à la fatigue. Je demande à mon frère :

— Est-ce que maman nous aime encore ?

J'ai la terrible intuition qu'il pourrait lui arriver quelque chose. Surtout quand elle titube en sortant de la voiture parce qu'elle boit du vin rouge, du vin blanc et du Jack Daniel's.

— Touchez pas à mon Jack, dit-elle.

Je me dis que Jack est un autre homme qui la rend malheureuse. Je guette son retour par la fenêtre du solarium. Mon frère zappe des émissions de télévision. Il grince souvent des dents, je dois lui rappeler d'arrêter. Il garde tout à l'intérieur, lui. Je finis par m'endormir la tête sur ses cuisses. À mon réveil, avant d'aller dormir dans nos chambres, il me caresse les cheveux.

La fatigue de ma mère alourdit nos matins. C'est comme si on avait accroché à ses rares sourires des blocs de béton. Selon ce que mon père nous dit au téléphone, il est toujours sur la Côte-Nord pour faire plus d'argent pour notre famille. Elle a tout le temps son manteau sur le dos. Il est rendu géant parce qu'elle maigrit, on dirait d'ailleurs qu'il va l'engloutir d'une journée à l'autre.

Maman se prépare pour le travail, et, contrairement à d'habitude, elle traîne les pieds.

— On dirait que tu laves le plancher avec tes pieds, lui dis-je.

— Pouvez-vous m'aider un peu dans la maison, criss ! ?

C'est la première fois que j'entends ma mère sacrer, ça me scie les jambes.

— Si vous pouviez vous ramasser un peu, ça serait le fun de pas tout le temps vous torcher le cul !

Olivier se fige lui aussi, il était en train de beurrer ses toasts. Maman s'allume une cigarette.

— Je vais être en retard à cause de vous autres.

— Qu'est-ce qu'on mange à soir ? demande Olivier.

— Je sais pas, faites-vous ce que vous voulez. Là, j'ai pu le temps.

Je repense à la maman de Mathias. Je lui demande :

— Maman, tu nous fais-tu un bisou, à matin ?

Elle s'approche de nous et se met à pleurer, le visage entre les mains.

— J'm'excuse, les gars. Maman est pas d'humeur, à matin.

Elle m'embrasse sur le front à la va-vite. J'ai envie de pleurer, mais je ne sais plus comment.

Le soir, Olivier me demande d'aller chercher les patates dans le sous-sol. On fera un pâté au saumon, le mets préféré de maman, et puis il en restera pour elle quand elle arrivera. Je descends, non sans crainte d'être attaquée dans le noir. C'est un endroit redoutable, parce qu'il fait très froid et qu'il doit y avoir des fantômes qui attendent avec patience pour m'attraper les chevilles dans l'escalier.

Ce qui ajoute à l'effroi de ce lieu, c'est que la cave n'est pas rénovée. Il y a toujours ce plancher de terre argileuse qui devient de la glaise quand il pleut à torrents. Mon père doit alors sortir une pompe pour pousser l'eau à l'extérieur. Le sol est vaseux et précaire. Je me dis qu'un jour, la maison va être engloutie comme notre parole.

Pieds nus sur la glaise froide, j'avance à la faible lueur de l'ampoule du plafond bas qui clignote de vieillesse. J'ai hâte d'arriver aux pommes de terre, qui sont entreposées dans un panier près d'un meuble où mon père travaille des morceaux de bois. Une odeur de moisissure flotte dans l'air, elle se mélange à celle des quelques pousses vertes qui prennent racine dans l'obscurité.

Un grincement se fait entendre. Je panique. Je me dépêche de prendre le sac de patates. Des frottements. Du barda. Le grincement se fait insistant. Il provient du fond de la cave, derrière une épaisse porte cloutée. J'ai envie de prendre mes jambes à mon cou. Cependant, je suis médusée par ce grincement, par cette porte qui bouge de plus en plus. Quand j'ouvre la porte, quelque chose crie et passe avec furie à côté de ma jambe. La chose s'arrête et je la distingue enfin. C'est un raton laveur. On se fixe des yeux pendant une longue minute. Je lui demande ce qu'il fait là. Il ne bouge pas. Il n'est pas terrifié. On dirait qu'il attend quelque chose, qu'il veut me parler. Je décide d'aller voir dans la pièce. Il y fait un noir opaque. J'entrouvre la porte, la lumière passe un peu plus. Je tremble avec mes patates dans les mains. Cette pièce est un endroit hors du temps. Dans le miroir au-dessus de l'établi, je me vois avec des cheveux longs, une robe, des ongles nacrés, des bracelets de toutes les couleurs, je me vois et on me dit que je suis belle. « Je suis une fille. » Ces mots qui sortent de ma bouche ne me troublent pas, plutôt ils me rassurent, j'en suis étonnée. Olivier m'appelle de la cuisine. Le raton laveur n'est plus là. La petite fenêtre de la cave est ouverte. Je ne comprends pas trop ce qui vient de se passer. Je sais juste que je me sens un peu plus légère qu'avant d'entrer dans cette pièce, que tout ce que je retenais a enfin pu voir la lumière dans cette ombre.

À l'école, Olivier et moi avons la réputation d'être pouilleux, parce que nous venons du fin fond du village. Les autres disent qu'on n'a pas l'eau courante et qu'il faut aller se laver dans un lac. Tant de commérages pour une seule famille. Parfois, je me crispe à l'idée d'aller en classe, juste à penser à ce qu'ils pourraient inventer d'autre à notre sujet.

À mon réveil, j'admire les rayons de lumière qui traversent mes stores et qui viennent réchauffer mon lit. Quand j'ouvre la fenêtre, un parfum de lupins et de roses habille mes matins. Je suis souvent la première levée, mais cette fois-ci, Olivier est debout avant moi. Je l'entends brasser de la vaisselle, déplacer une chaise. Une odeur de pain rôti et d'orange pelée me parvient. Mon appétit se creuse. Je mets mon pyjama de *Star Wars* et je descends au rez-de-chaussée. Olivier a préparé le déjeuner. Il a même fait du café pour maman, qui est à la salle de bains. Les fins de semaine, c'est toujours un peu plus paisible que les jours de la semaine.

Ici, je suis en apesanteur dans la bonne humeur rare de ma mère, qui arrive à la cuisine avec le sourire.

— Regarde ce qu'il y a sur la table.

C'est du miel, dans un pot décoré de petites fleurs et d'une boucle de ruban. Je n'ai jamais goûté à ça. Je dévisse le couvercle. Ma mère me regarde faire. On dirait que c'est Noël. La viscosité du liquide m'impressionne, je le fais couler directement du pot, le regarde couvrir ma rôtie et s'y déplacer avec une lenteur parfumée de fleurs. Au moment de goûter, je suis happée par la myriade de sensations sur les papilles. Ça goûte la joie.

— C'est bon, hein ?

Ce moment s'imprime dans mon cœur. Cette mère qui s'est refait une beauté pour ses enfants, qui leur parle doucement. On dirait qu'on retrouve notre mère d'avant les orages.

— C'est Bernard qui nous donne ça, il est fin, hein ?

Je ne sais pas comment réagir. Je trouve alors qu'il en fait trop, mais je me contente de sourire à ma mère. Ce n'est pas le temps de jouer les rabat-joie. C'est assez exceptionnel qu'elle soit de bonne humeur.

Lundi, à l'école, on me dira : « Ça fait longtemps que ça existe, du miel, coudonc, tu sors d'où ? Ah oui, c'est vrai, tu habites dans la forêt. » Et beaucoup plus tard, quand je serai grande et que ma mère me manquera, j'irai acheter un pot de miel.

C'est le temps des jeux intérieurs. Martine fait sa ronde dans la classe avec son petit nez en l'air. Elle passe près de moi. Je suis le seul gars qui est dans l'univers rose des filles. Nous avons une petite maison en bardeaux roses, mes deux amies de filles et moi. Porte rose. Escalier rose. Au départ, les filles ont trouvé ça bizarre que je me joigne à elles. Mais avec le temps, elles se sont habituées à ma présence. C'est surtout perçu d'un drôle d'œil par les gars. Mathias ne vient pas avec moi, bien qu'il soit tenté. Il reste dans son univers de gros camions. Toute une vie règne dans la demeure en plastique. Je m'occupe d'arroser les fleurs du parterre et je tombe amoureuse du voisin, Billy, nommé ainsi à l'unanimité. Il conduit une Cadillac pour le travail. Des histoires d'amour naissent au deuxième étage à l'insu des parents, sur le divan, qui regardent la télévision. Des secrets s'enfouissent sous les piles de linge. Une de mes amies a la manie de ranger les vêtements des Barbie par couleur. Elle nous dispute si on a le malheur de ne pas mettre un morceau dans la pile de la bonne couleur. Le chien rose se fait promener une fois par récréation. Je suis fière de cette maison paisible. Ça fait changement. C'est moi qui l'ai peinturée au début de la rentrée scolaire. C'est comme ça que j'ai pu entrer dans leur cercle.

Des camarades curieux viennent nous voir et cherchent à savoir pourquoi on rit souvent. Ils cherchent le secret de la maison rose. Si je ris aussi fort, c'est que je pleure souvent. Si je ris aussi fort, c'est pour ne pas qu'on oublie que j'existe.

Un jour, je ne sais pas pourquoi, elles décident qu'elles en ont assez de moi. Elles décident que je brûle la dinde au four.

— Un gars dans la cuisine, de toute façon, ça ne se peut pas.

Je les méprise avec mes yeux pleins d'eau.

— C'est inacceptable, tout le monde devrait avoir sa place !

Je me rends compte que j'ai crié. Les élèves se retournent. Je suis exilée de la cohorte de la maison rose.

Je me promène un peu avant la fin de la récré. Je vais voir les garçons. Ils jouent à être médecin, mécanicien, menuisier, plombier. Ils me dévisagent. J'aimerais les rejoindre dans leur façon de se prendre au sérieux avec leur vocation. Je rêve de planches de théâtre, de spectacles, de chansons, je rêve d'exister sous les feux de la rampe. Ils font des métiers de grandes personnes. Moi, je me dis que j'aurai le temps de jouer à l'adulte tout le reste de ma vie.

Pendant les récrés suivantes, je me lie d'amitié avec une poupée, malgré ce que l'on pense d'un gars qui tient une poupée dans ses mains. J'ai envie de les frapper, mais je me retiens. Je ne veux pas reproduire ce qui se passe à la maison. Je berce ma poupée en lui recommandant d'oublier les cris. J'ai accès à un paradis sur mesure. Il me suffit de me prélasser avec elle dans la lumière du mois de mai inondant la classe dans l'après-midi.

Je demande à Martine si je peux emmener ma poupée avec moi pour les vacances à venir. Elle me suggère plutôt d'en demander une à mes parents pour ma fête. Je réponds sèchement :

— C'est hors de question, mon père, ça va le mettre hors de lui.

J'insiste pour dire que je serai la gardienne de Pénélope, ma petite fille, et que je la ramènerai à la rentrée.

— Si je commence à faire ça, tous les élèves vont vouloir garder des jeux à la maison…

C'est affligeant de penser que ma petite fille blonde, aux cheveux en mottes que je démêle une fois par semaine, belle de tout l'amour que je lui donne, va devoir passer tout l'été seule. Je la cache donc derrière les casseroles de la fausse cuisinière pour qu'elle soit à l'abri des bêtes, de la nuit, et du prince fantôme triste. Je lui dis avant de partir que les vacances passeront vite et que bientôt je serai de retour.

Mes nuits sont insoutenables, teintées d'angoisse. Je fais des cauchemars où quelqu'un la vole ou qu'un incendie se déclare dans l'école. Je ne supporte pas l'idée qu'elle meure au milieu des flammes.

Le dernier jour d'école, le chauffeur d'autobus me salue à mon entrée dans le bus.

— Bon été !

Radieux comme le soleil, même les jours de pluie. Il ne le dit pas à tout le monde, alors je me sens privilégiée. À ma sortie du bus, il m'offre une sucette comme cadeau pour ma bonne conduite. C'est une verte, à la lime, qui, je le sais déjà, me fera grimacer de bonheur. J'entre avec hâte dans la maison.

— Regarde, maman, on a eu une sucette pour notre bonne conduite !

Maman n'est pas là. Ça me désole de savoir qu'il n'y aura plus de trace de la sucette quand elle reviendra.

Papa est revenu il y a peu. Il est en train de tondre la pelouse avant de repartir pour la Côte-Nord. J'ai envie de lui parler de la sucette, pour qu'il voie au moins que je ne suis pas toujours en train de foutre le trouble, mais il a horreur qu'on l'interrompe. Il n'aime pas non plus quand on approche de la tondeuse. Il a peur qu'on finisse comme les Amputés* de guerre à la télévision.

---

* Organisme de bienfaisance canadien qui vient en aide aux amputés de guerre ainsi qu'à tous les Canadiens amputés, y compris les enfants depuis sa fondation en 1918.

— Vous êtes pas des robots, vous êtes pas interchangeables comme eux. Y'a une petite fille, elle s'est fait manger la jambe parce qu'a courait avec son chien près de la tondeuse et elle a glissé, m'a-t-il raconté, une fois.

Je repense parfois à cette petite fille. La tondeuse vient me voir dans mes cauchemars. Elle se met à ma poursuite. Elle a le visage de mon père.

Mon lit est orienté de sorte que le soleil inonde mon visage en premier. J'ai peur du noir. Je veux voir le soleil se lever. J'ai volé Pénélope. Elle porte sa robe blanche de toutes les histoires à venir, qu'on vivra ensemble. Je crois qu'elle n'a pas supporté le voyage dans mon sac à dos, à la voir toute décoiffée de nouveau. Je pense à Martine, qui m'a peut-être vue la prendre mais qui n'a rien dit. Je pense à cette chance que j'ai d'avoir une idée dans la tête et pas ailleurs. J'assois Pénélope sur mon lit, lui fais connaître le chant du matin orchestré par les chardonnerets jaunes et le bruissement des feuilles. Je lui explique pourquoi le lit orienté vers le soleil, parce que j'ai peur que ce soit ma dernière nuit, parce que je veux être certaine qu'il y a encore un jour pour moi. Quand j'ai mal, Pénélope m'écoute. Elle comprend. Elle essuie mes larmes. Elle me montre comment lever la tête. Comment supporter la noirceur. Elle m'enseigne que si je reste lumineuse, je n'aurai jamais à la craindre. Je la serre fort dans mes bras quand je pense à papa. Je m'excuse ensuite de la glisser sous mon oreiller pour la journée pour ne pas que ma mère la trouve, ni mon père, ni même Olivier. S'il fallait.

C'est juillet, papa est reparti travailler. Maman se met à aller à l'église assidûment. Je dois la suivre, puisqu'elle ne trouve personne pour me garder. Les portes principales gravées d'anges et de saints s'ouvrent en grinçant leur âge. Les saints ont accompli des exploits héroïques comme celui de croire en quelqu'un qu'ils n'ont jamais vu.

— Si tu te comportes bien, je vais t'acheter une barre de chocolat, après. Maintenant, tasse-toi et laisse une place à Bernard, veux-tu ?

C'est dur de la croire, alors j'admire encore plus les saints, maintenant. Bernard nous rejoint tout juste avant la célébration.

Je porte une petite veste noire avec deux rangées de boutons sur le devant, qui me fait ressembler à un petit soldat. Mon béret, quant à lui, me donne les airs d'une Française. J'aime mes souliers en cuir mahogany, même si eux aussi sont trop serrés. Ils me confèrent un look de fille de riche. J'ai la démarche d'un pingouin, alors je ne marche pas trop longtemps avec. Mathias est là avec sa maman. Mathias et ses petites taches de rousseur sur ses pommettes saillantes de rire. Sa bonne humeur est contagieuse.

Les gens de la chorale, dans leur longue aube blanche angélique, se rassemblent et réchauffent leur voix avant la messe. Une odeur d'encens et de myrrhe de la veille flotte encore dans l'air et se mélange au parfum boisé des bancs.

— Pourquoi Jésus saigne sur une croix ? Il a sûrement pas saigné toute sa vie, pourquoi on le voit tout le temps en train de souffrir ?

Ma mère me pousse du coude parce que je ne peux pas poser ce genre de question, c'est blasphématoire.

— Ne parle pas de Jésus comme ça, pas dans sa maison, en plus. Il s'est sacrifié pour nous.

Ma mère referme les yeux et retourne dans sa prière. Je tire sur un pan de sa robe. Elle regarde autour de nous pour s'assurer que personne n'entende mes propos diffamatoires.

— Moi, si je me sacrifiais pour les gens, j'aimerais que ça les rende heureux et qu'ils aient le cœur à la fête.

Ma mère reste silencieuse.

Je vais rejoindre Mathias à l'arrière de la salle, pendant que tout le monde prie. J'ai envie de courir partout. Je ne tiens plus en place. Je me glisse entre Rachel et lui. Il tire sur mon béret. Avec lui, c'est difficile de ne pas rire. On étouffe nos gloussements dans nos mains afin de ne déranger personne. Pendant que tout le monde a les yeux fermés, Bernard prend doucement la main de ma mère. Quelques personnes reniflent, soupirent, ouvrent les yeux. J'entends chuchoter : « Je le savais… »

Il faut à tout prix que je me love dans la chaleur bienfaisante que Rachel et Mathias me procurent. Je me sens comme dans une tanière, pour un instant. C'est au moins ça, même si mon cœur palpite et que la peur m'habite.

Pour ma première communion, ma mère me fait cadeau d'une Bible illustrée. Les images que je découvre à l'intérieur me choquent : des gens avec des yeux révulsés, des yeux blancs, sans pupilles, rivés au ciel. Des voleurs à qui on a coupé les mains pour les punir de leur délit. Les couleurs sont si éclatantes, le sang semble vouloir sortir du livre. J'ai envie de leur dire de ne pas s'en faire, que je vais éponger leurs blessures. Je me dis qu'un jour, je vais perdre mes mains, moi aussi, parce que j'ai brisé une fenêtre avec une roche. J'ai peur de mourir avant ma confirmation et d'être envoyée en Enfer.

Malgré les émotions en montagnes russes, je prends un curieux plaisir à lire la Bible. On dirait des contes pour adultes. Je surligne les passages qui me fascinent, comme ce moment où Jésus marche sur l'eau ou multiplie le pain. Je me demande si je pourrais faire pareil chez nous. Ça coûterait moins cher. Maman part à rire quand je lui dis ça. Je fais la lecture à Pénélope après le souper. Je ne parle pas trop fort, de peur que l'on m'entende. Sinon, je lis des passages à Mathias à la récréation. Il m'écoute avec une attention de moine et j'aime lire la stupéfaction sur son visage quand je me mets à faire parler les personnages.

— C'est comme si on y était !

Un jour où une pluie torrentielle s'abat sur le village, je le mets en garde contre un déluge imminent. Ma mère avait raison de penser qu'un jour, ça allait arriver. Les fins de semaine, on écume le boisé en arrière de chez Mathias pour ramener des grosses branches. Nous entreprenons la construction d'un radeau. Nous prenons la corde qui est dans le garage de son père pour relier les branches entre elles. De semaine en semaine, le radeau prend forme. Nous sommes prêts pour le cataclysme.

Si on n'est pas en train de monter le radeau, on fait de l'artisanat chez lui sur la table du salon. Il m'enseigne des techniques d'origami. J'apprends à confectionner des avions, un cygne et un lapin avec des pages du catalogue Sears. Je continue de croire, même si Mathias me félicite, que mes animaux ressemblent plutôt à de vulgaires boules de papier froissé comparés aux siens. Quelques-uns de ses avions finissent leur course dans mon dos. Ça nous fait rigoler, parce que je sursaute toujours quand une pointe me touche directement la peau. En dépliant ses avions, je vois des cœurs dessinés. Je pense qu'ils sont peut-être pour moi, mais il me dit, en se décrottant le nez :

— Je me pratique pour quand je vais enfin en envoyer un à Mélissa.

Ma bouche devient sèche. Je me sens glisser. Je me rappelle que Mathias aime les filles et que je n'en suis pas une.

Au centre commercial, en ville, maman et moi, on déambule dans les allées sans but précis. On a besoin de changer d'air. On passe devant une boutique de robes. Les crinolines me font rêver. Les paillettes ne sont plus sur la robe, elles sont dans mes yeux. Maman me tire par la manche de mon manteau, mais je reste figée devant la vitrine.

— Je veux une robe, maman. Me semble que je serais bien, là-dedans.

— Tu veux-tu rire ? Les robes, c'est pour les filles.

— Pis, ça ? Mélissa en a une, tu verrais, tout le monde la complimente quand elle la met.

Maman me dévisage en attendant que j'éclate finalement de rire pour lui dire que tout ceci est une blague et que je veux seulement faire mon intéressante. Cependant, il n'est nullement question de ça. Je reste toujours postée devant la vitrine. La gérante du magasin me regarde de l'autre bout de son comptoir. Elle est en train de couper du tissu. J'entre dans la boutique.

— Pouvez-vous me faire une robe, madame ?

Maman me tire plus fort et je recule d'un bond, le souffle coupé. Je la suis à contrecœur et c'est là que fuse ma colère.

— Je veux la robe ! ! !

Tout le monde nous regarde. Mes larmes sortent toutes seules. La lave me monte aux yeux et me brûle.

— Je veux la robe ! ! !

— C'est la dernière fois que tu viens magasiner avec moi, m'entends-tu ?

Mes pleurs continuent dans la voiture. Je suis terriblement en colère de ne pas avoir de robe. Je donne des coups de pied dans le siège devant moi. Je sens que je vais disparaître de la vie de Mathias et cette perspective me fait mal.

En arrivant à la maison, je n'enlève pas mes souliers. Je saisis le premier objet à ma portée : l'assiette commémorative que ma grand-mère de Québec a donnée à mes parents pour leur dixième anniversaire de mariage. Ma mère est dans le cadre de porte. Je lance. Elle se tasse. Elle a failli recevoir l'assiette en plein visage.

— Là, tu vas te calmer, tu me fais penser à ton père !

Elle me prend par le bras et m'emmène dans ma chambre. Je crie encore plus fort en me débattant. Ma tête se retourne de façon subite. Ma mère m'a giflée. Elle semble surprise de son geste. Mon cri s'arrête net. Je me mets à pleurer.

— Je te déteste !

Je la pousse hors de ma chambre et ferme la porte. Des fourmis dans les joues, je me dirige vers ma fenêtre. Des oiseaux se reposent sur la branche sans se douter qu'une violence m'a brisée. Ils sont beaux, mais leur beauté ne parvient pas à tempérer les tumultes grandissant en moi.

Mon père part pour trop longtemps encore. Ma mère, elle, part en dépression. Elle fixe pendant de longues minutes le mur de la cuisine. Elle parle souvent au téléphone. Quand je cherche à savoir à qui elle parle en entrant dans sa chambre, elle me répond brusquement :

— C'est pas de tes affaires, retourne dans ta chambre.

Elle pousse la porte avec son pied pour la refermer un peu plus.

Olivier me garde souvent, parce que ma mère ne prend pas de vacances. Elle préfère s'étourdir dans le travail. À l'école, on me demandera à la rentrée, comme chaque année, comment se sont passées mes vacances. Je devrai user de mon imagination. Je dirai à ma classe que ma mère m'a appris le nom des fleurs et des oiseaux croisés pendant nos nombreuses promenades en forêt, que sa voix, tendre et feutrée, me portait jusqu'à l'endormissement pour mes siestes d'après-midi, qu'elle m'embrassait le front en disant qu'elle m'aimait. Je leur dirai que les choses heureuses qui n'existent pas peuvent être plus douloureuses que les choses tristes qui existent.

On a pris un bol en plastique pour cuisiner. Je sors la farine, le lait, le sucre brun. Olivier se lèche les babines, excité de cuisiner son repas préféré, des crêpes. On se met de la musique. Joe Dassin revient réchauffer la maison. Je me sens indépendante, à rester seule ainsi avec Olivier. Il mélange les ingrédients. Je vais chercher la cannelle, comme maman aime. Je verse le lait par petites doses pendant que mon frère brasse vigoureusement pour ne pas laisser de grumeaux. On se met à danser sur

Le petit pain au chocolat. Olivier me fait tournoyer jusqu'à ce qu'une odeur de brûlé nous sorte de notre transe. Dans notre euphorie, on a bêtement laissé la cuisinière sans surveillance. Du feu jaillit du linge à vaisselle qui était resté près du rond et la flamme est déjà haute. Olivier, paniqué, se met à courir partout dans la maison à la recherche de quelque chose pour l'éteindre. La flamme danse avec véhémence. Elle frôle la hotte. Je reste passive. Je ne bouge pas d'un cil. Je regarde Olivier s'étourdir. Je ne sais pas pourquoi je n'ai pas envie de bouger, je sais seulement que le feu m'appelle et que nous parlons la même langue. Olivier prend son courage à deux mains, saisit le linge et le lance dans l'évier. Le feu ne disparaît pas. Il mange la fenêtre. On dirait qu'il mange les pommiers au loin, il se tortille pour engouffrer tout ce que je souhaite.

— Pourquoi tu ne m'aides pas ?! me crie Olivier, en panique. Mais bouge-toi !

On dirait que je ne sais plus comment parler.

— Aide-moi ! On va brûler !

Je me ressaisis et lui lance le sac de farine à ma portée. Il renverse le contenu d'un coup, ce qui éteint aussitôt la flamme. On reprend notre souffle. Encore quelques secondes et le feu prenait dans les rideaux. On s'empresse d'effacer les marques de notre imprudence. Quelque temps plus tard, Olivier se remet à la pâte.

— Alors, maman va être contente, hein ? me dit Olivier avec son grand sourire du chat dans *Alice aux pays des merveilles*.

Il est fier de sa réussite. Je me ressaisis à mon tour. Olivier en est à sa quatrième crêpe quand maman arrive.

C'est la première fois qu'Olivier et moi, on va au camp de vacances. Papa est absent pour une partie de l'été et maman fait encore des doubles. L'angoisse me serre le ventre. Je dois aller plusieurs fois à la toilette en priant pour m'en débarrasser. Mon ventre émet des gargouillis qui ressemblent à la plainte des loups les soirs de pleine lune.

— Maman, j'ai un loup dans mon ventre…

Ça la fait rire, ça la sort de ses voyages lunatiques. Un visage de porcelaine me fait face, des yeux aussi vides qu'une coquille désertée. Avec ma mère, je commence à ranger mon imagination au plus profond de mon silence.

Le camp se situe au milieu d'une forêt. En arrivant, on distingue une petite cabane à travers les pins, les frênes et les bouleaux. La beauté des lieux est un tremblement poétique. Plusieurs petits édifices en annexe forment un demi-cercle, et il y a aussi des dortoirs où les rêves se fabriquent. On dormira là-bas quelques fois, c'est prévu dans le plan de l'été. D'énormes colonnes de cèdres taillés délimitent le terrain du camp. Il va falloir que je traverse ces limites aussi. François, le moniteur, doit bien avoir dix-sept ans. C'est son emploi d'été, gérer des petits monstres turbulents. Il sort de l'édifice principal quand notre voiture se gare sur l'entrée de gravier gris-bleu. Il a une balafre sur la lèvre supérieure, ça lui donne un air de dur à cuire. Déjà, je l'imagine en pirate écumant les mers, déjà, il est glorieux à mes yeux. Plusieurs jeunes s'amusent dans l'herbe, petits pissenlits pleins de rires. Personne ne pleure, ici, on dirait le paradis.

J'ai envie que François me raconte les conquêtes maritimes de son passé de pirate. Une bouche rieuse se dessine à travers sa barbe naissante. Il ouvre la portière et ça suffit pour gagner mon cœur. L'angoisse qui me taraudait depuis ce matin se dissipe. C'est comme si d'un seul regard, il avait apprivoisé le loup dans mon ventre.

Je sors de la voiture dans une agréable langueur, celle de la neige qui fond sous le rire amusé d'un printemps inattendu. Ma main dans la sienne pour ne pas que je tombe. Un autre quart de seconde à accrocher à mon cou pour me rappeler que je suis vivante. Je pose mes pieds sur le gravier. Olivier, quant à lui, ressemble à un cheval que l'on délivre de son enclos lors des courses à l'hippodrome.

Le moniteur revient d'une partie de golf. Son short beige aux bords roulés dévoile ses cuisses puissantes et musclées. Sa camisole blanche laisse voir ses bras caniculaires qui ruissellent de sueur. Je ne sais pas gérer l'effet qu'il me fait. Je deviens rouge et j'accuse la chaleur de l'été, pas mon appétit pour l'amour. Il pose les yeux sur moi de nouveau, des yeux de forêt amazonienne luxuriante où l'on pourrait se perdre sans avoir peur. Je prends plaisir à l'attention qu'il me donne. Je comprends sous son regard que j'existe à travers les autres ; si on ne me regarde pas, je n'existe pas. Olivier se cache dans les haies de cèdres et m'invite à jouer.

Ma mère retourne dans la voiture.

— Soyez prudents. Veille à ce qu'ils soient prudents, ces deux singes-là ! dit-elle au moniteur, qui lui fait un signe d'approbation.

La voiture s'éloigne en vrombissant. C'est la première fois que ma mère s'en va et que je suis autant énervée. Enfin, je pourrai être seule avec François. Je sens qu'elle aurait pu me faire de l'ombre, parasol de mère.

Le soleil plombe et il flotte dans l'air l'odeur de citronnelle qui éloigne les moustiques. On nous fait visiter les lieux. Les dortoirs, filles et garçons séparés, mais pour toutes les activités, nous sommes en équipes mixtes. Il y a la cuisine, où une dame et un homme s'affairent à nous mijoter des plats de subsistance qui nous redonneront de l'énergie après l'effort. Une salle principale avec des chaises comme à l'école, des bancs et des coussins un peu partout au sol, mais avec des tables rondes qui nous permettent de se réunir en groupe. Je ne veux pas être dans la cabane des flatulences et des éructations masculines, mais je ne dis rien. Je ne veux pas attirer l'attention.

On nous offre une limonade fraîche pour nous accueillir. D'autres parents viennent porter leurs enfants entre-temps. Nous sommes sous un petit chapiteau monté pour l'occasion. Il y a des ballons de toutes les couleurs et aussi des banderoles avec des fleurs dessinées dessus. Sur la camisole de François, des auréoles de sueur jaunâtres se sont formées et, quand il passe à côté de moi, j'en hume les arômes salins et sauvages. Il salue les parents qui laissent les enfants à sa charge. Il replace ses boucles blondes derrière ses oreilles. Sa casquette corail porte le slogan en lettres jaune néon : « Ici, on grandit ! » C'est donc ça, je suis un bourgeon en attente d'une floraison que je souhaite rapide, je ne comprends pas cette soudaine envie de porter la vie dans mon ventre, d'autant plus que je suis si jeune et que je ne possède pas la configuration nécessaire pour enfanter. Je trouve amusant de pouvoir être qui je veux dans mes rêveries.

C'est évident qu'à mon retour à la maison, je parlerai de cet homme dans mon journal intime aux pages multicolores. Il sera le premier à s'installer dans une procession d'idylles.

« Aujourd'hui, il m'a fait monter sur ses épaules et je suis devenue une tour vivante. J'ai senti battre mon cœur entre mes cuisses. » « Nadine, l'autre monitrice, lui parle souvent. J'ai pas eu le courage de lui dire de ne pas s'approcher trop près de mon pirate. Elle m'a coupé la parole, une fois. Pourquoi elle se contente pas de couper les fleurs en lisière de la forêt, à la place ? »

« Je me suis mis un peu de framboises écrasées sur les lèvres, ça m'a fait un beau rouge à lèvres. J'espère que je vais pouvoir laisser une trace sucrée sur une de ses joues à un moment donné. »

J'enrobe d'amour chacune des descriptions que je fais de lui, chacun des moments que nous passons ensemble. Dans la splendeur bucolique du camp de vacances, je vis ma première érection.

Les journées au camp passent à la vitesse de l'éclair, si bien que lorsqu'elles tirent à leur fin, je fais une moue de dégoût. Dégoût de revenir chez moi dans cette ambiance étrange. Je digère mal de savoir que ma mère se débarrasse parfois de nous pour pouvoir aller à la plage avec ses amies et Bernard. Je le sais parce qu'une fois qu'elle ne travaillait pas, il y avait des serviettes de plage et un ballon gonflé dans le coffre, et aussi des sandales qui n'étaient pas à elle.

Il n'y a pas d'horloge, au camp. On se fie au soleil pour savoir quelle activité il est temps de faire. C'est l'heure du bricolage en début d'après-midi, c'est l'heure du carré de sable, c'est l'heure des glissades.

Le moment que je préfère, c'est celui de l'expédition visant à compléter un herbier d'ici la fin de notre séjour. Je me gorge du présent que l'on m'offre : le chant des feuilles ressemble à des chutes d'eau à mes oreilles, la ritournelle des chardonnerets furtifs se tait à notre passage, la promesse verdoyante d'un été qui sourit m'émeut, le concert des cigales m'enchante, les ombres végétales glissent sur les hautes herbes blondes. Je suis cette forêt que l'on habite entière, que l'on espère ensauvagée par la vie.

Le terrain est parsemé des éclaboussures jaune vif des pissenlits qui me font penser à des étoiles dans un ciel vert. Dommage que tout le monde a tendance à les tondre. Ici, il n'est pas question de les enlever, c'est même la première fois que j'en vois des aussi grands. On n'enlève rien de ce qui est naturel. Le moniteur se penche pour être à ma hauteur.

— Il faut les laisser grandir. Après, quand ils deviennent adultes, ils ont la tête blanche et si on souffle dessus, leurs cheveux s'envolent. Ils vivent une deuxième vie, comme ça.

Il me suffit, plus tard en saison, de les voir flotter comme des méduses pour apprécier la douce lenteur heureuse d'exister. S'orchestre sous mes yeux un été de beauté qui me remplit d'une félicité que je n'avais jamais connue. J'ai l'âme heureuse. Amoureuse.

Une fois, je suis seule avec François, nous découpons ensemble des cartons pour écrire le nom des espèces végétales trouvées lors des expéditions. Je laisse échapper quelques regards furtifs en direction de mon pirate. Il a cette charmante manie de coincer sa langue entre ses lèvres lorsqu'il se concentre.

— Qu'est-ce qui te fait rire ?

— Rien, rien !

Il rit.

Olivier se lie d'amitié avec une petite bande de voyous. Ça court dans la famille, quand c'est trop tranquille, il faut absolument faire des mauvais coups. Il grimpe dans les arbres et lance au groupe des pommes de pin et des petites branches. C'est l'époque où une guerre se déclenche aussi vite que la paix arrive, autour d'une limonade. Je dessine beaucoup. J'aime me trouver face au papier. Je dessine les nouvelles fleurs que je découvre.

Le seul moment que je redoute, c'est lorsque nous allons aux jeux d'eau. Tout le monde y va de son enthousiasme criard, j'ai envie de les faire taire. Comment peut-on trouver le bonheur dans le fait de se dénuder devant les autres, de parader nue, les seins à la vue de tous ? C'est une sentence. Je suis jalouse de leur allégresse. Je cache ma poitrine et ça fait rire les autres. Une fois, à son insu, j'ai vu le sexe d'une fille qui se changeait près du cabanon. Je me suis demandé pourquoi je n'avais pas le même qu'elle. François m'apporte un chandail afin que je puisse réintégrer le groupe.

— Pour un petit gars, t'es pas mal gêné…

Il me donne une petite tape sur la tête et m'encourage à profiter de la belle chaleur et de l'eau du petit lac en bordure du camp.

Le soir venu, je demande à ma mère pourquoi je n'ai pas une ligne fine comme la fille que j'ai vue plus tôt.

— On dit une vulve, et c'est parce que tu es un gars. Les gars ont des pénis. Les filles ont des vulves.

Sa réponse ne fait pas disparaître le malaise que j'éprouve par rapport à ce que j'ai entre les jambes et ce que je n'ai pas.

Lors d'une des expéditions pour agrémenter l'herbier, je m'empresse d'être la première à poser des questions, à pointer du doigt chaque nouvelle plante ou fleur que l'on découvre. Je veux être certaine que François me donnera de l'attention. Quand il s'approche de moi, je peux me délecter de l'odeur boisée sur sa peau tannée et musquée, ça me fait chavirer et exploser le bas du ventre. Il arrive que Nadine réponde à sa place et ça, ça m'énerve. À ce moment, je perds l'intérêt d'apprendre. Je hoche la tête, mais je ne l'écoute pas. J'apprends seulement de jour en jour à la détester, à m'imaginer qu'elle brûle sur place sous le poids de mon regard. Quand elle s'approche de lui, mon cœur se serre, comme une mandarine sous mes doigts quand je suis fâchée. Je suis au bord de l'éclatement. Je capte sa façon de se déhancher et je la mime le soir en m'imaginant François hypnotisé par le balancement de mes hanches. Les ateliers de bricolage sont d'ailleurs animés par elle. Elle coiffe toujours ses longs cheveux en deux tresses de chaque côté. Son nez retroussé lui donne l'air d'une truie. Je la méprise du mieux que je peux. Ça m'inquiète de savoir qu'elle sort peut-être avec François.

Parfois, ils s'enlacent et j'ai l'impression de disparaître. Je pense à scier sa chaise haute de sauveteuse, un pied, juste une, je pense qu'à la longue, ça va marcher, elle va tomber aussitôt installée. Branche de bambou rompue par la jalousie. Oh, c'est rigolo de penser à ça. Je déniche une petite scie justement dans l'établi toujours ouvert. C'est merveilleux d'être si discrète. Parfois, quand personne ne regarde, je commence à scier une patte. Je cache la scie sous une grosse pierre, près du lac. Personne ne me voit. J'avais pensé mettre le feu à son dortoir, mais la scie était plus accessible qu'un briquet. Quand elle aura ce qu'elle mérite, je retrouverai la beauté du ciel.

Un jour, François me fait cadeau d'un petit bouquet de fleurs sauvages qui poussent dans la forêt.

— Ça, c'est des achillées millefeuille.

Je contemple la formation blanche dans mes mains. On dirait qu'il vient de me donner un bouquet de mariée. Je me demande pourquoi il me dédie une telle attention. De petites fleurs bleues parsèment l'offrande. Je lui demande pourquoi celles-là.

— Parce que ça m'a rappelé la couleur de tes yeux et comme je ne peux pas mettre le ciel dans un bouquet, j'ai pensé que ces petites fleurs te feraient plaisir.

À ce moment, je ne sais pas que ce bouquet grandira avec moi et qu'il survivra même à tous mes déménagements futurs. Je penserai à ces fleurs séchées à chaque rupture, au fait que si j'aime trop ces fleurs, elles se crispent et se désintègrent dans mes mains. C'est la floraison des passions et au plus creux de mes reins, je sais déjà que je n'y échapperai plus jamais. Que ce camp m'habitera pour toujours et me renversera de tendresse quand j'y repenserai, plus grande. François me parle tout l'été des fleurs avec un tel engouement, je ne sais plus ni de qui ni de quoi je suis amoureuse. Puisque c'est ambigu, je décide d'être amoureuse de tout, et ça me suivra pour le reste de ma vie. Des arbres, de l'herbe, de ses yeux, de sa bouche que j'espère sur ma joue, ou plutôt sur ma bouche.

Une autre baignade au lac. Plusieurs roches parsèment le pourtour. C'est un lac artificiel aménagé lors de la fondation du camp. La chaise haute de Nadine est là et ça fait un petit bout de temps que je n'ai pas eu l'opportunité de scier une patte. On dirait que le bouquet m'a assagie. Quand elle est perchée là-haut, on dirait qu'elle est sur un trône, en train de régner sur ses petits sujets et son royaume. Elle est toujours dans son costume de bain lavande qui épouse ses courbes de fin d'adolescence. Je rêve d'avoir ses hanches. Elle a toute l'attention de François et elle n'a pas à poser de questions. Les jeunes font des pirouettes près de l'eau. Ils sautent d'une plateforme installée en guise de tremplin avant de disparaître sous l'eau un peu vaseuse et de ressortir en faisant des bruits de monstres marins. Je porte le chandail blanc que François m'a donné pour les baignades. Je suis encore terrorisée à l'idée de me mettre en bedaine comme tous les autres gars.

— T'as l'air d'un fantôme, t'es aussi blanc que ton chandail ! me dit l'un des garçons d'un autre village.

— Écoute-les pas, y'ont rien d'autre à faire, eux autres, me réconforte Olivier.

C'est plus fort que moi, je serre quand même la mâchoire et les poings. Dans cet après-midi de moiteur estivale, Nadine quitte son trône et s'en va fumer une cigarette.

Je décide d'aller dans l'eau, pas trop profond, jusqu'aux genoux. C'est rafraîchissant, mais ce n'est pas le fleuve. Je m'ennuie de lui, et de maman qui nous regarde faire des acrobaties.

Trois enfants m'encerclent et me bloquent le passage. Ils essaient de m'attraper. J'essaie en vain de m'esquiver. Ils me saisissent une jambe, puis l'autre, et me font tomber dans l'eau. Ils essaient d'agripper mon chandail. Je résiste du plus fort que je peux. On dirait que je me bats contre une pieuvre. L'un d'eux me tire la jambe, je me retourne face dans l'eau, je prends peur et je me relève avec peine. Il tire de nouveau et je me fracasse le coccyx sur une roche. Je ne comprends pas pourquoi ils rient. Un garçon me saisit par le cou et effectue une pression qui me prive de mon air. Devant les regards curieux, je suis passée de fantôme à drapeau rouge en une fraction de seconde et ils y vont de leur propre corrida avec moi.

Je commence à avoir la vue qui s'embrouille. L'un d'eux me tire des mottes de terre. Je crie. Je cherche Nadine des yeux. On me lance dans l'eau. Je suis retenue par les pieds alors que je me débats pour rester à la surface. Je ne sais même plus si je veux rester vivante pour affronter ces regards curieux agglutinés dans la stupéfaction.

Un éclair me déchire le ventre.

Des fleurs pourrissent sur l'asphalte
bouillant de l'été.

Maman referme une portière.

On prend la gorge d'un cygne et on le prive de son chant.

Le poing de papa lui brise les os.

C'est une table qui se brise.

Je ne sais plus.

Ils entreprennent d'enlever mon chandail. Il s'enlève d'un trait, comme une couche de peau brûlée par le soleil. Ils tentent d'enlever mes shorts. Ils ne réussissent pas, mais ils les ont baissés à la hauteur de mes genoux quand même. On voit mon sexe, mes fesses. Je tente de les cacher avec mes mains. Une main s'empare de la mienne. On me réchappe du silence définitif. On me sort de l'eau. Je remonte mes shorts du mieux que je peux. Olivier s'est lancé à mon secours. Il crie : « Vos gueules ! » et bouscule les garçons sur notre passage.

François arrive en panique. Je suis gênée qu'il me voie comme ça. Nadine revient d'avoir fumé sa cigarette. Il la sermonne de ne pas avoir été là et d'avoir permis, par son absence, que la violence naisse. Je reprends peu à peu mes esprits. Mon frère me couvre d'une serviette. L'étreinte est douce. Je recrache par saccades l'eau contenue dans mes poumons. Olivier me prend dans ses bras. En voyant que François ne démord pas de sa rage envers la négligence de Nadine et que celle-ci semble fondre sur place, par-dessus l'épaule d'Olivier, je souris.

Les semaines se succèdent dans leur parade colorée. Je grandis, aux prises avec d'étranges sensations récurrentes, dans le bas du ventre. Ce désir me pousse à mettre un oreiller entre mes jambes au coucher, comme pour étouffer son origine. Je frotte mes hanches et pense encore souvent à François, le moniteur. Mes yeux se révulsent de satisfaction. Le corps trouve sa parole à l'insu des autres.

Maman a demandé à papa qu'il nous appelle au moins une fois par semaine. Sa voix rauque m'afflige. Je n'avais jamais remarqué la fatigue dans la voix de mon père, je pensais qu'il était immunisé contre elle.

— As-tu attrapé un rhume dans le bois ?

— Qui tombe malade en plein été ? Non, on fait des gros shifts, c'est tout.

J'aimerais qu'il me dise qu'il s'ennuie, qu'il a hâte de jouer dehors avec moi, qu'il a hâte de revoir maman.

« J'ai rêvé à papa et je n'ai pas eu envie de sauter dans ses bras. »

Bernard vient tondre la pelouse et maman lui fait encore des tartes. Il me salue par la fenêtre, mais ma main est trop lourde de l'absence de mon père pour lui répondre. Ses salutations frappent la fenêtre comme un oiseau étourdi.

« J'étais super triste aujourd'hui, parce que je repensais à la fois du lac, et j'ai peur d'être sous les couvertures, ça me rappelle l'eau par-dessus ma tête. Bernard m'a dit qu'il allait s'occuper de moi. Aujourd'hui, je suis montée sur ses cuisses et il a fait semblant d'être un cheval. Ti-galop, ti-galop. Je rebondissais sur ses

cuisses. On aurait dit que j'avais le hoquet, mais que ça ne venait pas de moi. Je lui ai demandé de m'emmener loin. Il a trouvé ça bizarre. Les chevaux, c'est pour aller loin, il me semble. Peut-être que comme ça, je pourrais partir à l'aventure. Il donne beaucoup de bisous à maman. »

C'est un été de langueur. Mathias est parti en vacances dans le Maine avec ses parents. Je dois donc jouer seule dehors la plupart du temps. Je suis alors une espionne ou la dirigeante d'une armée d'elfes. Les arbres font office de soldats sous ma gouvernance. Ils se tiennent droits, à l'affût de mes ordres. Je suis la première commandante en chef de l'armée, une première dans l'histoire du monde. Mes super pouvoirs me permettent de me défendre. Parfois, quand je suis vraiment fâchée, des boules de feu jaillissent de mes paumes et je calcine sur-le-champ les soldats récalcitrants. D'autres fois, je suis la princesse Amidala dans *Star Wars* et je tombe amoureuse d'Obi-Wan Kenobi.

Olivier se joint de temps à autre à moi.

— Moi, je vais être Hercule et toi, tu vas être Achille. Ensemble on va conquérir le monde.

Je lui dis que non, je préfère être Mégara. J'ai vu ce personnage dans un dessin animé d'Hercule à la télévision avant d'aller à l'école. Le héros tombe sous le charme de Mégara dès le premier regard.

Olivier ne bronche pas, il est même impressionné. Il trouve que j'incarne avec conviction mon personnage féminin. Quand on se couche sous un arbre, toujours dans notre jeu, je repose ma tête sur son torse et me laisse bercer par les mouvements de sa respiration. J'incarne toujours un personnage. Tout un été passé à être quelqu'un d'autre.

Quand notre jeu tourne au vinaigre, mon frère me dit :

— T'es ben trop dramatique ! T'es trop en détresse ! C'est pas le fun, jouer avec toi.

Je suis condamnée à jouer sans cesse cette Mégara. Je rentre à la maison pour bouder. Je noircis les pages de mon journal.

« Aujourd'hui, Olivier n'a pas voulu que je joue la petite amie, il m'a proposé de jouer un commandant de l'armée d'Achille et je n'ai pas voulu. J'ai voulu jouer encore Mégara et on s'est chicanés. » « Je flotte quand je suis sur la poitrine d'Hercule. » « Si Olivier n'était pas mon frère, je crois que je serais amoureuse de lui. »

Le vent bruisse dans les feuilles. Il arrive que je m'endorme sous le soleil du mois d'août dans l'herbe haute.

Parfois, je me cache si bien au milieu des bois qu'Olivier prend presque une heure à me trouver. Je ris, cachée dans les branchages, sans bruit. Les oiseaux roucoulent dans les sapins baumiers, leurs petites têtes s'agitent quand ils aperçoivent Olivier. Ils ont plus peur que moi. Je ne bouge pas de ma cachette, bien qu'il soit visiblement exaspéré. Je ressors du bois avec, dans les cheveux, un parfum résineux d'épinette et de pin. Je me lave rarement le soir. J'apporte la forêt sur mon oreiller pour me garantir un sommeil paisible. Je repense aux moments où j'enfonce mes doigts dans le lichen centenaire, je pense au cœur que je comprends encore mal, je pense que si j'y enfonçais mes doigts, ça ressemblerait à cette mousse végétale. Quand Hadès réussit à me trouver, je suis condamnée à l'Enfer. J'accepte mon sort. Je ne connais que ça, être emportée par le courant.

Je suis à la plage avec maman et Bernard. Il est venu nous rejoindre. Il a apporté des seaux et des petites pelles en plastique pour construire nos châteaux. Maman nous sert de la limonade dans son costume de bain deux pièces blanc aux motifs de cerises. Elle a attaché ses cheveux en un énorme chignon qui ressemble à une ruche. Maman, c'est la reine des abeilles. Papa revient de travailler alors que nous sommes en train de creuser un lac dans le sable. Il remarque la présence de Bernard. On dirait deux chiens qui ne sont pas capables de se sentir. Mon père a le corps tout tendu. Bernard va à sa rencontre. Les deux se font face comme dans les westerns. On entend un jappement. On ne sait pas ce qu'ils se disent, tout reste contenu dans un mouvement de main qui indique la direction opposée à la plage. Maman s'en mêle. Bernard part, sans se retourner. On dirait que mon père est revenu de la guerre. Il a maigri. Des poils blancs dans sa barbe noir de jais. Il dépose un sac et se met à genoux pour jouer dans le sable avec Olivier et moi. Maman lui sert une limonade. Ils s'embrassent du bout des lèvres. On ne nous explique jamais ce qui se passe. Je remarque que les deux ont perdu beaucoup de poids. Mes parents vont disparaître sous nos yeux.

À la maison, ma mère reste en retrait à desservir la table. Papa essaie de faire la conversation avec nous, mais on se voit si rarement que nos réponses sont aussi courtes que ses absences sont longues.

— Hé, toi, ça te dirait-tu d'aller cueillir des bleuets ?

Bien que je trouve la proposition surprenante, je n'hésite pas une seconde avant de dire oui. C'est inusité, ce sourire sur son visage, cette lumière dans ses yeux. Il porte sa veste de chasse matelassée, même en plein été. Je m'habitue à l'odeur d'essence qui en émane parce qu'il travaille avec des scies mécaniques et des tronçonneuses. Plus tard, je serai fan du film *Massacre à la tronçonneuse*, non pas à cause de l'horreur qui s'y déroule, mais à cause du bruit de la tronçonneuse qui me rappellera la musique que produisait mon père tout l'été. On ne demande jamais aux gens de décrire l'odeur de leurs parents. Je pourrais dire que mon père sent l'essence et qu'il respire la distance.

Dans son camion, une chanson de Madonna grésille dans les vieux speakers. Je fais du lipsync et des mimiques grandiloquentes de diva. Je veux lui offrir un beau spectacle.

La route est cahoteuse et le cuir du banc chauffé au soleil me brûle les cuisses. Je m'en fous. Je suis avec mon père, pour une si rare fois. C'est un événement. Félicité solaire. Gonflement des poumons. Éclosion d'amour.

En direction du lac, sur la 138, je baisse ma vitre et sors la tête de la voiture. Par la même occasion, je sors mon sourire d'été. J'ai envie de crier à tout le monde que mon père est enfin de retour.

Dans mon excitation, je perds ma casquette au vent. Elle termine sa course dans un fossé.

— Rentre ta tête à l'intérieur, là. On va chercher ta casquette.

— Non, c'est pas grave, ça serait le fun de voir pousser un arbre à casquettes l'an prochain.

Il change le poste de radio et c'est maintenant Led Zeppelin qui joue.

Dans la clairière, le parfum des épinettes noires m'enivre. Les akènes flottent dans la paresse de la canicule. Je pense à François, le moniteur, qui me disait que les pissenlits avaient deux vies. C'est beau de les voir aller dans leur deuxième vie. On dirait qu'ils sont mieux ainsi, légers, sans soucis, libérés de la gravité.

Nos seaux dans les mains, je laisse mon père prendre les devants. Je n'avais pas remarqué à quel point il a les épaules larges, ni les immenses pattes qui lui servent de mains. Je comprends pourquoi ma mère se rétracte quand il veut la frapper.

Il est beau, mon père, au milieu du champ. Ses yeux bruns me regardent de temps en temps pour s'assurer que je suis là. À ses côtés, je sens que rien ne pourrait nous arriver. Je suis certaine qu'il gagnerait à mains nues contre un ours. Je crois apercevoir une larme au coin de son œil. Je crois que c'est ça qui le rend si beau.

— Pourquoi tu pleures, papa ?

— La lumière m'aveugle. Le soleil est fort. J'ai oublié mes lunettes de soleil… Allez… on a une tonne de bleuets à ramasser, là !

Déterminée à remplir mon seau plus vite que lui, je vogue dans l'allégresse, de bosquet en bosquet. Ce n'est pas possible d'arrêter. La gymnastique de la cueillette s'améliorant sans cesse, je pense que je pourrais être qualifiée aux Jeux olympiques si une telle compétition voyait le jour.

Papa veut m'aider à atteindre les bleuets hors de ma portée, mais il perd pied, renverse tout le contenu de son seau et effectue une roulade. Contre toute attente, il laisse échapper un rire et je ris à mon tour. Ça dure plusieurs minutes. Ça pourrait durer l'éternité. Ça me fait drôle de nous entendre rire ensemble. Je cherche en vain dans ma mémoire la dernière fois que ça s'est produit.

Lorsque nous plaçons les seaux qui débordent de bleuets dans le camion, le soleil commence à se cacher derrière les montagnes et laisse une teinte d'orange brûlé dans les nuages. Mon père cherche quelque chose dans le camion. Il ressort avec une arme à feu dans les mains, un calibre douze.

— Tu vas voir, mon gars, les vrais gars, ça tire du fusil, ça chasse. Regarde ben !

Le feu prend dans mon ventre.

Il lève la carabine, l'appuie sur son épaule et il vise en direction du bois en face de nous. Il tire. La détonation est saisissante. J'ai eu l'impression que mon âme allait quitter mon corps. J'ai mal aux oreilles. Je me raidis. Quelques oiseaux s'enfuient dans le ciel en criant leur stupéfaction.

Il me tend l'arme à feu pour que je tire à mon tour. C'est lourd. J'arrive à peine à la faire tenir droite.

— Tu vas te tirer sur le pied, mon gars, si tu restes comme ça. Relève ça tout de suite, voyons.

Le soleil décline de plus en plus.

— Papa, on doit rentrer, il se fait tard, maman va s'inquiéter.

Je cherche une excuse pour ne pas avoir à tirer. Je n'y arrive pas.

— Pas tant que tu n'as pas tiré du fusil, mon gars. Regarde, vise le tronc de c't'arbre-là.

Je ferme un œil, comme il vient de le faire. J'appuie sur la gâchette. L'amour que j'ai pour mon père part aussi vite que la balle. Mon épaule s'est presque démontée sous la puissance du coup. La balle s'en est allée se perdre dans le boisé, j'ai entendu un ricochet suivi d'un bruissement de feuilles. J'ai un acouphène pendant cinq bonnes minutes.

— J'ai pas aimé ça, dis-je, en laissant tomber la carabine au sol.

Je pleure. J'entre dans la voiture. Boucle ma ceinture. Déjà prête à partir.

— T'es une vraie mauviette, mon fils… Reprends sur toi, j'ai pas élevé une tapette, moi.

Nous retournons à la maison. Je passe de la légèreté que j'avais cet après-midi à cette lourdeur de plomb qu'impose le désenchantement. Je suis bien enfoncée dans mon banc et je ne l'entends pas parler. Je réserve mes autres larmes pour ma chambre. Ça fait mal. Plus mal qu'une vessie pleine qu'on retient. Je suis encore sous le choc de la détonation. Je fixe la boîte à gants, médusée par le souvenir de la carabine dans mes mains. C'est la première fois qu'en voiture, je ne regarde pas le paysage défiler.

Au retour, je dis à maman que papa m'a appris à tirer du fusil. Une autre chicane tempête la maison. J'aurais dû me la fermer.

Dans mon cours de musique, on a un examen de flûte à bec. Je me prépare depuis deux semaines à jouer *Au clair de la lune*, jusqu'à rendre fou mon frère Olivier, qui me menace d'aller jouer sur la lune pour que je le laisse tranquille. Je déteste l'humidité qui se crée dans le tube lorsqu'on joue, et lorsqu'on en joue trop longtemps, l'odeur de notre haleine fétide.

Le professeur a les ongles longs – pour jouer de la guitare. J'idolâtre cet homme qui se féminise les doigts. J'aimerais rassembler assez de courage pour faire comme lui. Chaque élève présente son numéro de flûte. Quelques-uns ont la même chanson que moi, d'autres doivent jouer *À la claire fontaine* ou *Meunier, tu dors*. Alors que je m'apprête à faire mon évaluation et que j'ai les lèvres serrées contre le bec de l'instrument, on cogne à la porte. Le professeur me demande de le suivre. Une dame se tient dans l'embrasure.

— Bonjour, je suis Fabienne, je travaille pour le Département de la protection de la jeunesse. Ton père ne va pas très bien, il a besoin de repos, me dit-elle.

Je regarde ma classe derrière moi. Mathias me questionne du regard. Je hausse les épaules. On m'emmène jusqu'à une voiture. Je décide de ne plus les suivre et de m'enfuir. On m'agrippe de justesse. Je ne peux pas courir. Pendant le trajet, on passe par des chemins que je ne connais pas. On m'emmène au département où les familles se brisent.

— Ta mère et ton père se sont chicanés, cet après-midi. Des voisins ont appelé la police. C'est pour ça que je suis là. Tu es entre de bonnes mains.

Fabienne se retourne vers moi et me lance un sourire que je n'attrape pas.

Je panique. Je ne sais pas où est ma mère, ni mon frère. On ne semble pas vouloir me répondre. J'essaie de contenir l'angoisse qui tapisse mon ventre et mon cœur. La nervosité me fait craquer les jointures. Je me pince les cuisses pour changer le mal de place.

Une fois dans le bureau, je m'installe derrière une longue table rectangulaire et Fabienne, un dossier à la main, s'installe tout au bout. On m'offre un verre d'eau que je ne boirai pas. Sur la chaise, je deviens minuscule. On me pose toutes sortes de questions sur mon père. On me demande s'il a touché telle ou telle zone de mon corps, comment il se comporte avec les autres enfants, avec ma mère.

— Est-ce que c'est la première fois que tes parents se chicanent ?

À contrecœur, je réponds que non. Ça me brûle la bouche de raconter la fois où Olivier avait eu du sang sur le visage. J'aperçois ma mère dans le couloir par la fenêtre avec des stores. Elle fait les cent pas. Tout le long de mon entretien avec Fabienne, elle s'assoit, se relève, va fumer dehors.

Une mesure a été mise en place.

— Olivier et toi, vous allez séjourner chez ma cousine, le temps que tout ça s'arrange.

Je retourne dans la voiture, celle de ma mère, cette fois. Olivier est assis à côté de moi.

— Maman, tu peux pas nous faire ça, maman…

Je ne peux pas contrôler mes sanglots.

— J'ai pas le choix.

Dans le rétroviseur, je vois des coulisses de mascara sur les joues de ma mère.

Dans mon journal, j'écris :

« Une femme est venue à l'école et comme si elle avait des éclairs dans les mains, elle a tout déchiré sur son passage. »

La veille de notre départ chez Manon, la cousine de ma mère, on entreprend de me préparer une petite boîte avec des effets personnels. J'apporte les statuettes de porcelaine que maman m'achète chaque fois qu'on va en ville. Leur expression de petits musiciens enjoués me fera peut-être du bien. Je me sentirai moins seule. C'est un soir sans lune.

« Il fait tellement noir. On dirait qu'on a renversé de la mélasse sur la maison. »

Maman vient de poser le dernier ruban de scotch tape sur la boîte de mes souvenirs lorsqu'une larme amorce une descente sur ma joue. Elle pousse la boîte d'un coup de pied en lâchant un râlement d'exaspération. Olivier va ensuite la porter dans la voiture. Nous allons chez Manon, à qui on ne parle presque jamais, sauf dans le temps des Fêtes. C'était ça ou une famille d'accueil, et séparée de mon frère, en plus.

Je fais un dernier tour de la maison. L'écho de mes pas ressemble à un au revoir que je ne souhaite pas. Je revois ces couloirs où j'ai pleuré, où je me suis cachée de mon frère avec l'excitation grandissante à l'idée qu'il me trouve. J'espère de tout cœur avoir oublié quelque chose afin de pouvoir retourner dans ma chambre. Je pense à Mathias, sur le bout de mon lit, qui me montre comment plier des avions avec des cœurs qui ne sont pas pour moi. Ses avions ne me piquent plus le dos. Je ne sais pas combien de temps je resterai là-bas, mais dans ma tête d'enfant, je pars pour une vie. Avant de monter dans la voiture, je serre les dents, les poings, les souvenirs.

Nous passons devant l'école. Je ne la vois plus avec les mêmes yeux, ni avec le même cœur. Dorénavant, elle est synonyme du démantèlement de ma famille. Et ce cours de flûte à bec où tout a été chamboulé me hantera pendant des années.

Manon nous accueille à bras ouverts dans sa maison à deux étages, blanc et bleu. Elle prend nos bagages et nous fait la bise. Nous sommes chanceux qu'elle nous ait toujours aimés. Dans les partys de Noël, c'est une des personnes qui nous gâte avec le plus de cadeaux. Elle nous a toujours aimés, parce qu'elle ne peut plus avoir d'enfants depuis qu'elle a eu un accident de voiture. Heureusement, elle a eu le temps d'avoir Michelle, qui va au secondaire.

Manon s'entretient avec ma mère, et puis Olivier et moi, on explore les lieux. Toutes les chambres sont à l'étage et un escalier peinturé en rose nous y amène. Une chambre nous est réservée. Pour la première fois, je partagerai la même chambre que mon frère. Nous dormirons dans le même lit. Il y a une grande bibliothèque à moitié vide pour que nous puissions y mettre nos effets personnels. Maman et Manon jasent depuis une dizaine de minutes. Ma mère fond en larmes sur l'épaule de sa cousine et celle-ci l'enlace fort dans ses bras. Ce ne sera pas une partie de plaisir. Elle part en nous saluant par la vitre de sa voiture ; elle s'en retourne à la guerre.

Pendant la durée de notre séjour, maman appelle deux ou trois fois par semaine pour s'assurer que tout va bien. C'est lors de ce séjour que je commence à lire. Il y a une bibliothèque pleine à craquer de Kundera, Sartre, je ne comprends pas grand-chose à ces livres à cet âge-là, mais je découvre un intérêt féroce pour la lecture. Question d'étouffer les voix dans ma tête avec la leur.

Voilà quelques semaines que dure la guerre entre mon père et ma mère. La voilà qui arrive, le visage triste.

— Ton père et moi, on demande le divorce.

Je reçois le choc en m'affalant sur le divan. Olivier et moi, on s'enlace, et maman vient nous embrasser en nous recouvrant de ses ailes trouées.

Manon travaille à la banque. Elle revient avec un soupir qui ressemble aux plaintes des camions descendant les côtes. À ce moment, je ne lui adresse pas la parole, parce que j'ai peur de la déranger. Je retourne jouer avec mes figurines de chevaux. Le temps passe plus vite que chez mes parents parce qu'elle discute souvent avec nous. Elle met ses bigoudis une ou deux fois par semaine pour avoir des boucles brunes toujours bien placées pour le travail. Elle tient ça de la précision des chiffres. Tout doit être exact, rien ne doit dépasser.

Au retour du travail, elle lance ses souliers dans l'entrée pour ensuite s'installer sur sa chaise berçante un instant. Je lui donne un petit spectacle avec mes courses de chevaux rocambolesques. Elle a l'air béat de ceux qui sont en vacances, quand elle me regarde jouer. Son sourire illumine le salon. Manon est lumineuse, elle est l'île au milieu de la tempête. Elle n'a pas peur de me froisser et de me parler de ce qui se passe.

— J'ai peur que maman et papa ne se voient plus jamais.

— Ça va arriver, mon petit, il faut que tu sois conscient de ça, comme ça se peut aussi qu'ils reviennent ensemble un moment donné. Mais avec le temps, tu verras, les choses arrivent toujours pour le mieux.

Je pleure. Je ne sais pas si c'est à cause du dénouement de la tempête, ou si c'est parce que pour la première fois, on me parle des vraies choses.

Elle me tend les bras pour me faire un câlin. J'engouffre ma tête entre sa nuque et son épaisse chevelure marron. Je me délecte de cette humidité parfumée. L'effluve fruité et raffiné de Poison de Dior m'assaille et me renverse. Ce parfum fait éternuer tout le monde sauf moi. Au contraire, j'en prends même de grandes bouffées, elles sont pour moi synonymes d'accalmie, c'est ma promenade au jardin. Tant que je respire ce parfum, je suis en sécurité. Manon se décapsule une boisson gazeuse.

Psssssccccchhhhhhtttttt.

Son qui annonce la préparation du souper.

Je range mes chevaux et on écoule la fin de la journée sur le perron qui donne sur la 138. Les camions passent à une vitesse effrayante. Je m'imagine souvent me faire écraser pendant que je traverse. L'idée me fait frissonner de vertige. C'est pour cette raison que je ne joue jamais dehors. Je trouve la route trop attirante.

Les poussières tourbillonnent dans la lumière ambrée. Michelle arrive avec des amis. Manon quitte la maison quelques instants. Michelle, toute en courbes, attache ses cheveux en chignon, de longs cheveux châtains aux reflets roux, et elle enfile son maillot de bain. Elle me remarque à peine. Ses amis la suivent dans la piscine. Ils y entrent comme j'aimerais entrer dans le monde : avec un enthousiasme insouciant. Manon revient avec des jus pressés. J'écoute le tintement des glaçons. La sueur du verre se condense et coule sur la petite table en bois. Je bois une gorgée. Ça me calme.

La peinture de la galerie s'écaille. J'arrache de mes doigts quelques morceaux de vieille couleur. C'est une fâcheuse habitude et Manon me tape gentiment les doigts en souriant. La maison est située à flanc de montagne et le soleil glisse sur les étendues de lichen. L'air est humide. Je souhaite bonne nuit au soleil. L'ombre sur le perron touche nos genoux. C'est signe qu'il faut rentrer préparer le souper. J'aide à couper les légumes, à brasser la soupe ou le potage. Je jette des coups d'œil dehors pour profiter encore des dernières lueurs de la journée. La nuit me terrifie.

Il y a un chien errant, un mélange entre un golden retriever et un labrador, qui passe parfois par le bois en arrière de la cour. Il halète toujours comme s'il revenait d'un long voyage. Son pelage, qui autrefois devait être d'un blanc crème, est taché d'huile ou de boue. Je communique avec lui. C'est interdit de le nourrir ou de le cajoler, parce qu'il pourrait avoir des puces. Je me moque de cette consigne. Il a la peau sur les côtes comme moi. Tant que lui et moi, on se retrouve sur le perron après le souper, c'est signe que l'on s'engage à ne plus disparaître.

Mon inquiétude de la nuit me fait voir trouble. Il me semble que les arbres se referment sur la maison et l'étouffent. Les couchers de soleil s'accumulent, mais le ciel reste chargé d'angoisse. Toujours ce ciel menaçant que j'espère fuir.

C'est pendant ce séjour que je goûte pour la première fois à l'alcool des grands. Dans la cuisine, au-dessus du vaisselier, il y a des bouteilles. Une fois que Charles, le mari de Manon, est affairé dans le poulailler, je grimpe sur un petit tabouret pour les atteindre. Chancelante, j'étire les jambes, me hisse sur la pointe des pieds. Du bout des doigts, je réussis à faire avancer une bouteille, pour ensuite me presser de dévisser le bouchon. Je hume les arômes : trait sec qui me fait plisser le nez et me brûle les narines au passage. Je bois : liquide sirupeux me rappelant la texture du sirop d'érable aux accents de thym et de romarin. J'en ingurgite le plus possible avant qu'on me prenne la main dans le sac. Ça me fait grimacer. Ça pique l'intérieur de ma bouche. L'alcool trace un chemin enflammé dans mon œsophage. La sensation m'amuse. Je sens que ça désinfecte mon intérieur. Toutes mes blessures. J'essaie de nouveau. Et puis encore. J'échappe la bouteille. Me dépêche de ramasser le dégât. Je retourne ensuite incognito à mes occupations d'enfant. Je me croise les doigts pour qu'on ne se rende pas compte qu'il manque une bouteille.

Charles travaille dans les mines. Passionné des roches depuis qu'il est tout petit, il me montre sa collection de pierres précieuses et semi-précieuses. Sur une étagère de verre, chaque pièce de collection a son faisceau lumineux pour la faire briller et la mettre en valeur. Une améthyste en pleine floraison nous offre la déclinaison du violet sur chacune de ses pointes ; la citrine nous illumine d'une chaleur dorée ; et il y a ce quartz rose, qui me fascine plus que tout, d'un rose vibrant, relié à une matrice de concrétion. Je lui demande si je peux le prendre dans mes mains.

— Oui, c'est la pierre de Manon, je la lui ai donnée pour notre anniversaire de mariage. Il y avait beaucoup de féminité qui émanait de cette pierre, de grâce aussi.

Tout de suite, je me sens bien avec cette pierre. J'ai l'impression qu'un dialogue s'amorce entre elle et moi, qu'elle sait quelque chose que je ne sais pas. Je sens mon battement de cœur dans ma main ou peut-être que c'est le sien, ou qu'ils battent à l'unisson. J'ouvre grand les yeux et Charles semble amusé de mon émerveillement. Je lui demande si je peux l'emprunter pour dormir avec. Il acquiesce.

Étrangement, quand je serre la pierre avant de dormir, mes crises de larmes sont moins longues. Je la caresse du bout des doigts. Je n'ai jamais été aussi attirée par quelque chose. La pierre repose dans ma paume le plus souvent possible.

Charles s'écrase devant la télévision et regarde ses programmes télévisés pendant le reste de la soirée. La plupart du temps, je ne vois que son crâne dégarni. Crâne avec une couronne de cheveux. Un nuage bleuté stagne au-dessus de sa tête. Il arbore toujours cette chemise délavée. Il rit toujours aux blagues des jeux télévisés.

Il nous offre des biscuits. Il y en a des différents chaque semaine. Je ferme les yeux pour être surprise par les saveurs. Je me lance à cœur joie dans la boîte. Je m'en fous d'avoir de la difficulté à trouver le sommeil à cause du sucre. J'aime rester éveillée la nuit pour découvrir les musiques de cette maison qui rêve. J'ouvre un petit peu la porte-fenêtre pour laisser entrer le murmure végétal du boisé. J'espère que le cabot va revenir me voir, peut-être qu'il est capable de me reconnaître à mon odeur.

Manon, pendant ce temps, me raconte des histoires du temps qu'elle et ma mère se voyaient chaque semaine durant l'enfance. Elles étaient toujours un peu en compétition l'une contre l'autre. La plus casse-cou, c'était ta mère, elle grimpait partout, une fois, elle a grimpé la clôture de la maison voisine pour aller voir son petit chum de l'époque, elle est tombée les deux fesses dans la boue. T'aurais dû la voir avec sa petite tronche effarée et ses gros boudins.

Je sais un peu plus de qui je retiens. Ça fait drôle d'apprendre des choses sur sa mère de la bouche d'une autre personne.

— Une fois, à la messe, ta mère s'était assise sur le livret de catéchèse pour suivre la célébration et quand elle a remarqué ça, elle nous a dit qu'elle l'avait pondu, et depuis, on l'appelle ma petite poule. Ta grand-maman n'arrêtait pas de rire, à tel point qu'on a dû sortir toutes les trois de l'église.

Ils sont beaux, ensemble, Charles et Manon. La gymnastique de leur amour est enviable. Il semble n'y avoir aucun orage, chez eux. Je les épie du coin de l'œil quand ils s'embrassent et parfois, ça m'arrive de projeter le visage de mes parents sur le leur. Ainsi, je me dis que ce n'est pas foutu complètement. Ils plongent dans leurs yeux en apnée. Leur danse est magistrale. Il me semble que lorsque mes parents essayaient de danser ensemble, ils finissaient toujours par se marcher sur les pieds.

Manon se rend dans sa chambre après l'heure du souper. Elle entame son rituel du soir. Elle enlève ses boucles d'oreilles, ses bagues, ses bracelets. Elle me fait penser à un sapin de Noël duquel on décroche les ornements après les Fêtes. Manon range tout avec une attention particulière dans son petit coffre en cerisier. Ce boîtier me fait écarquiller les yeux. Dans l'entrebâillement de la porte, je la regarde se détendre alors qu'elle ne lui porte plus attention.

Je note en secret tous les moments où je peux être seule avec lui. Il en émane une sorte d'aura sacrée, un peu comme le calice à l'église. Ce coffre contient plus que des bijoux, il contient la journée de ma tante, mais aussi des armes magiques pour canaliser la féminité. Elle porte de fines perles d'eau douce les jours de travail à la banque et des boucles extravagantes ressemblant à des chandeliers inversés les fins de semaine. Michelle lui emprunte ses boucles avant de sortir et je l'envie d'avoir accès à ce coffre sans devoir demander la permission.

Quand Manon se démaquille dans la salle de bains, je sais que je dispose de quelques instants. C'est le moment parfait pour me précipiter dans la chambre. Le coffre est là, toujours posé au même endroit, en plein milieu de la commode à miroir, sous la faible lueur d'une lampe de chevet. Il faut que je me dépêche. Je me fraie un chemin à travers le tas de linge qui jonche le plancher.

Quand j'arrive près de lui, je prends le temps de l'admirer encore. Manon se procure toujours de nouveaux bijoux, c'est son dada, alors c'est une surprise chaque fois, comme avec les biscuits. Je passe mes doigts avec douceur sur les rainures du bois, comme sur la joue d'un enfant dont on ne voudrait pas perturber le sommeil. L'une des rainures me conduit jusqu'au loquet jamais verrouillé. Une simple pression du doigt, et un déclic se fait entendre. Je me mords la lèvre inférieure. Mes camarades de classe feraient tous ça devant une crème glacée, mais moi, c'est devant les bijoux. S'offrent à ma vue des bagues en saphir, rubis, émeraude, des colliers d'améthyste, des bracelets en jade, des boucles d'oreilles de citrine… C'est une joie minérale, c'est un véritable coffre aux trésors. Je me délecte de leur présence dans mes paumes, entre mes doigts. Je décide de glisser un ou deux bracelets dans la poche de mes pantalons. Je fais du lipsync devant mon miroir de chambre, habillée avec des draps me faisant office de robe et un foulard serré sur la tête qui tombe dans mon dos et mime une longue chevelure que je secoue au gré de mes envies. Les bijoux ornent mon corps, me délivrent du poids d'être un garçon.

Une fois, alors que je me crois seule, j'arbore à mon cou un long collier de perles fines et je me mets à danser. Quand je me retourne dans ma danse, j'aperçois Manon dans le cadre de porte. Je suis tétanisée. Je ne sais pas quoi faire.

— Tu sais, si tu veux porter des bijoux, tu as ben beau, mais demande-le-moi, s'il te plaît.

On se sourit toutes les deux.

Maman vient célébrer son anniversaire ici. J'ai tout sauf le cœur à la fête. Dans ses mains, un forêt-noire a la tremblote. Quand elle s'approche de moi, je constate que son sourcil tressaute de fatigue. Je sens qu'il y a quelque chose de forcé en elle, on dirait qu'elle ne veut pas être avec nous.

Des feux de Bengale agrémentent le gâteau. Le festif des étincelles jure avec le visage funèbre de ma mère. Elle a une robe blanche un peu jaunie. Devant les bougies, elle nous regarde tous. Elle éclate en sanglots.

— C'est la première fois que je souffle mes chandelles sans lui…

Manon la prend par les épaules.

— Tu vas t'en sortir. Je suis là. Tes enfants sont de ton bord aussi.

Maman essuie ses larmes. Elle se concentre pour faire un vœu. Elle souffle ses bougies et se met à sourire. Elle vient d'avoir trente ans. Elle mange un morceau de gâteau en vitesse, rigole avec nous. Depuis le départ de papa, on dirait que maman se rapproche de nous deux. Je repense à son rire dans le champ de bleuets, mon père me manque atrocement. C'est très frustrant de me sentir impuissante alors qu'elle semble, malgré sa joie, vouloir exploser. D'une voix secouée par la peur, je demande :

— Est-ce qu'on va revenir chez nous bientôt ?

J'ai peur d'entendre la réponse. Je ne sais pas pourquoi j'ai pensé à demander ça le jour de son anniversaire.

— Oui, mes amours, mais Joel doit se trouver un appartement. Il va probablement déménager sur la Côte-Nord.

Je suis choquée. Le jour de l'anniversaire de ma mère, mon père n'est désormais plus mon père, c'est Joel. Il devient un étranger dans sa bouche. À la suite de quoi, ma mère quitte la fête pour rejoindre ses amies qui l'attendent dans la cour.

Période d'apesanteur. Je commence à m'intéresser davantage à la féminité. Aux dizaines de paires de souliers de Manon et Michelle. J'affectionne particulièrement les plus hauts, les échasses comme j'aime les appeler. Quand je les essaie, en cachette, je suis une grande femme qui voit plus loin que l'horizon. Je domine la tristesse de ce garçon qui me pèse. J'aime aussi ces souliers rouge carmin qui dévoilent le dessus de mes pieds en porcelaine et mes chevilles délicates.

Avec Michelle, je me déguise, je fais du théâtre de salon. Olivier reste en retrait, mais il assiste aux premières avec Charles et Manon. Ils sont aux premières loges de l'éclosion définitive de ma passion pour le jeu. Michelle me permet de fouiller dans ses accessoires et je tombe amoureuse de son foulard bleu. Elle sort sa caméra et on fait du lipsync sur du Dalida, The Platters et Petula Clark. « *When you are alone, you can always go downtown.* » Pour moi, aller en ville, c'est aller là où la vie se vit.

Le chum de Michelle vient la chercher dans sa rutilante voiture. Je regarde les avions qui passent. Je me dis que leur traînée blanche, c'est du fil pour retenir le ciel de tomber.

Michelle me laisse choisir ses accessoires pour ses sorties. Le vendredi soir est toujours empreint d'une fébrilité contagieuse. Elle se crêpe les cheveux, les vaporise de laque. Rien ne bouge, même si elle secoue la tête sur la musique de ses bands rock préférés. Des créoles sont suspendues à ses oreilles comme des cerceaux enflammés. Elle sort de la maison et va rejoindre son chum, après m'avoir donné un baiser qui laisse une marque sur mon front. Je me sens bénie.

S'offre à moi une panoplie de rouges à lèvres à essayer bientôt. Un rouge brique, un pêche velouté, un beige nacré, un fuchsia criard, un rose bonbon. Je m'imagine une cour d'hommes à mes pieds, fascinés par la couleur de ma bouche. Ainsi, je deviens visible, incontournable. Je pense à la poitrine de Michelle. Je jalouse ses formes.

En fouillant dans les tiroirs de sa chambre, je tombe sur une jupe en vinyle. Je palpe des doigts la matière qui semble liquide, me délecte lorsqu'elle se réchauffe dans mes mains. Je décide d'essayer la mini-jupe par-dessus mes pantalons.

— Qu'est-ce que tu fais avec ça sur le dos ?

Son copain est entré sans que je l'entende. Au moment où je m'apprête à le supplier de garder ça pour lui, il affirme :

— Ça te va plutôt bien, c'est un mix spécial, pantalon-jupe !

Il s'approche de moi, je recule. Il me chatouille les côtes et plus il le fait, plus je me sens vivante. Je sais que je vais bien dormir ce soir. Il repart avec le sac à main de Michelle qu'il était venu chercher. Je monte sur le petit tabouret près de la fenêtre et j'écarte le rideau pour les voir ensemble. Elle l'attend sur le capot de la voiture en fumant une cigarette. Distraite, je vacille et je tombe par terre, ça fait du grabuge.

— Es-tu correct ? me demande Manon.

Oh oui, je suis correcte, je me suis renversée dans le bonheur d'être enfin reconnue.

Manon nous emmène, Olivier et moi, à la piscine municipale extérieure. Après m'être baignée, je vais à la réception me procurer une boisson gazeuse. Emmitouflée dans une serviette géante, je me déplace à l'abri des regards sur mon corps. On ne parle que de cette serviette ambulante qui vient du fin fond du village. On ne voit que mes chevilles et mes pieds ainsi que mon cou et ma tête. Je suis certaine que j'ai l'air d'une mascotte. Le responsable de la piscine, derrière le comptoir, est assis dans un fauteuil et regarde la télévision, un roman-savon.

— La machine est brisée, ma p'tite.

Manon entre en même temps qu'il me dit ça.

— C'est pas une p'tite, monsieur, c'est un petit, lance-t-elle avec bonhomie.

Je fixe le carrelage, pour ne pas croiser le regard embarrassé de l'homme.

Assise près de la piscine, je ne trouve pas mon ombre, à cause du soleil à son zénith. Manon est au téléphone avec ma mère.

— Oui, je peux les garder tant que tu veux, ils s'entendent bien avec Michelle en plus, et ils sont sages… Ah oui ? Déjà ? Mais Bernard avait pas une maison à lui ?

C'est tout ce que j'entends et c'est déjà trop. Les choses s'enlisent dans le sable, y compris la voix de ma mère qui me parvient dans l'écho du téléphone. Les autres enfants prennent la main de leur parent pour aller quelque part. Moi, je fais mon chemin seule, avec l'ombre de ma mère.

Je marche pieds nus sur les dalles des douches avec une démarche hasardeuse et embrumée. L'eau coule dans le drain et je me demande si je peux la suivre. Au sortir de la douche, je reviens au monde, purifiée pour un temps de l'angoisse de ne rien savoir.

C'est l'époque où je ne pose pas de questions, parce que je sais que personne n'a de réponses.

Quelques semaines plus tard, papa déménage sur la Côte-Nord. On raconte qu'il s'est fait une nouvelle copine. Les procédures pour le divorce avancent. Bernard habite maintenant dans notre maison. Je ne veux pas y retourner. Je suis bien chez Charles et Manon, finalement. Je réintègre toutefois la maison quelque temps après l'emménagement de mon beau-père.

Olivier se réfugie dans les jeux vidéo. Les bois ne sont plus habités par notre enthousiasme créatif. Je sens que je deviens une vieille enfant et ça me fait peur.

Mon refuge à moi, c'est la littérature. Des centaines d'histoires défilent sous mes yeux. Manon a l'amabilité de venir me porter des livres de temps à autre. Je gobe tout ce que sa bibliothèque contient. Je vais ensuite à la bibliothèque municipale avec elle et ressors avec, sous mon bras, cinq ou six livres. Je lis jusqu'à ce que mes yeux piquent et brûlent. Chers écrivains, accompagnez-moi dans le silence le plus épais qui soit. J'essaie d'enterrer ma propre histoire sous la leur. À défaut de jouer dehors, je commence à me jouer par en dedans. Ne vous taisez pas. Ne me laissez pas au hasard du cœur qui ne sait plus pomper l'amour.

Je continue à écrire. Dans mes récits, il est question du retour de mon père longtemps attendu ; il me fait cadeau d'une Barbie et les ecchymoses de maman n'existent plus.

Un beau matin, maman découvre Pénélope en dessous de mon lit. Elle la prend par le bras et me la montre comme une paria.

— Depuis quand as-tu cette poupée ? vocifère-t-elle.

Ce matin-là, Pénélope est jetée à la poubelle. Mes larmes ne peuvent plus se joindre aux siennes. Les mains posées sur la vitre du salon, je regarde les éboueurs lancer ma poupée dans leur camion puis repartir aussitôt. Je me rassure, d'une certaine façon : au moins, elle a pu s'enfuir de l'ouragan familial.

Mathias a délaissé les avions en papier pour les avions téléguidés. Il m'invite de temps à autre sur une colline qui donne sur le fleuve. Mélissa est avec nous et ça m'irrite. L'avion vole au-dessus de mon destin incertain, ne se posera plus jamais dans mon territoire. Quand ils s'embrassent, je sors de moi et laisse toutes sortes de voix me remplir.

Au téléphone, j'entends la copine de mon père en arrière-plan.

— On va être en retard pour l'avion.

Il parle à ma mère brièvement. Ça finit souvent avec une engueulade. Mon père m'envoie des cartes à mes anniversaires. Olivier ne prend pas la peine de lire les siennes. Elles sont expéditives, presque informelles. La carte me montre l'édifice Bellas Artes à Mexico City, une bâtisse qui ressemble à un temple. Les anges en statue ont l'air plus heureux et paisibles qu'ici dans nos églises. L'édifice se découpe sur le ciel trop bleu et en bas du message, c'est signé Joel et Claudine. Je sais maintenant le nom de celle qui devra faire des pieds et des mains pour gagner mon amour.

« À toi, mon cher garçon, à qui je pense même si on est loin. Je t'envoie du soleil du Mexique. »

Deux phrases sur une carte pour me rappeler qu'il n'est pas avec nous.

C'est le premier hiver sans papa. Le premier Noël. Déjà, je pense au coup de téléphone qu'il a promis de me donner. Je me demande comment ça se passera.

La neige tombe par grosses brassées depuis une semaine. Les branches des sapins sont lourdes et ont l'air tristes sous son poids. Il n'y a qu'un peu de soleil, aujourd'hui. Chaque fois qu'il fait soleil, je plisse les yeux. La réverbération sur le blanc de la neige m'agresse.

Je passe de longues minutes à me jeter dans la neige. Contrairement à tous les enfants de mon âge, qui s'activent avec leurs bras et leurs jambes pour faire des anges dans le blanc de l'hiver, moi, plongée dans cette immobilité réduite au silence, je fais des anges qui ne bougent pas.

Quand je regarde trop longtemps le soleil, de petits points noirs se forment et viennent obstruer ma vue. L'astre lumineux ne me ramène pas mon père, ça m'enrage. J'aimerais que les choses soient simples, pour une fois. Mon père va sortir de la nuit avec son glaive et viendra à ma rencontre. Je ferme les yeux et les points clignotent, tantôt orange, tantôt rouge. Je les suis. Ils m'emmènent au lieu secret de mon cri.

Les fesses mouillées, je me dis que je vais attraper une infection urinaire. C'est ce que ma grand-mère dit toujours, elle me l'a répété tantôt au téléphone après m'avoir souhaité de joyeuses Fêtes. Je vais être obligée de boire du jus de canneberge pour un petit bout.

Olivier est affairé à construire un château fort depuis deux heures. La vitesse avec laquelle il érige les murs m'impressionne. Je n'ai pas envie de construire quelque chose. J'ai plutôt envie de tout déconstruire. Si je pouvais donner un coup de pied sur la maison pour qu'elle parte en poussière, je le ferais. Je m'en fous presque que ma mère soit encore à l'intérieur.

À travers la fenêtre, je vois maman parler au téléphone, elle marche toujours quand elle parle à quelqu'un, et avec le reflet des arbres derrière moi, c'est comme si la neige était dans la maison, et la forêt aussi. C'est drôle, je me vois dans le salon, dans mon habit de neige, ma mère passe au travers de moi et ne s'en rend pas compte. On dirait une Blanche-Neige insouciante qui n'a pas encore rencontré la sorcière. C'est peut-être moi, la sorcière. Peut-être que c'est moi qui vais la rendre folle pour de bon. Elle ne sait pas que je mijote de mettre des punaises pointues dans les bottes de Bernard ou bien de détruire son matériel d'horticulteur dans le garage. Je me jette un sort de protection mentale pour ne pas qu'elle lise mes pensées. Elle tournoie avec le téléphone dans les mains. C'est clair qu'elle parle à une de ses amies, pour parler aussi longtemps.

Ça fait deux ans que j'ai le même habit d'hiver. Mes jambes grandissent, mais ma mère me donne pour compenser des gros bas de laine afin que je ne prenne pas froid.

— On n'a pas d'argent pour ça, pas encore.

Après avoir fait deux trois anges qui resteront figés dans un hiver d'ennui, je décide de rentrer. La neige sur moi tombe sur le plancher.

— Hé, fais attention, là ! Ramasse ton dégât ! vocifère ma mère, en cachant le combiné de téléphone de sa main droite.

Quand elle a le dos tourné, je garroche d'un coup de bas de laine les mottes de neige sous le divan. Mes pieds commencent à décongeler. Olivier rentre peu de temps après moi. Il se déshabille sur le tapis de l'entrée, range toutes ses choses. Il m'offre de suspendre mon habit de neige avec le sien dans la cave à côté du poêle.

Quand elle utilise des couteaux pour cuisiner, j'ai toujours la frousse. On n'a jamais reparlé de l'événement de la brocante, mais je repense à son regard fou et vide, plein de vent, ce jour-là, et ça me trouble encore. J'ai peur d'avoir finalement hérité de son gène de la folie. C'est peut-être la mince ligne qui sépare le génie de la folie qu'elle a voulu tracer sur son doigt.

On cuisine du pâté au saumon.

— On a mangé ça à Noël l'an passé, maman.

— Heille, va jouer dehors, si t'es pas content.

C'est vrai qu'en dedans, ce n'est plus jouable. En dedans, il faut que je deale avec les voix dans ma tête qui me disent de m'enfuir.

Maman met le trente-trois tours de Joe Dassin en concert avec les Chœurs de l'Armée rouge. Ce sont pratiquement tous les classiques qu'elle adore, mais avec une trâlée de voix. Les voix se frayent un chemin dans les branches du sapin, frôlent les guirlandes scintillantes et font bouger les personnages de la crèche. Elles tricotent à elles seules un semblant de Noël, on se croirait à l'église. Oh qu'elle est heureuse, ma mère, en ce moment ! Elle se fait aller les hanches et Bernard la prend par la taille, j'ai envie de les laisser seuls dans leur intimité, mais c'est aussi cette mère-là que j'ai toujours rêvé de voir. J'aimerais seulement que son bonheur soit contagieux.

Il y aura beaucoup de monde tout à l'heure, ça me stresse, alors avec l'ongle de mon index, je joue sur le morceau de peau de mon pouce qui est rouge. Je tire sur la peau, une petite douleur me traverse, ça fait tout de même moins mal que les disputes de mes parents. Ils ne sont plus ensemble, mais leurs disputes persistent dans ma mémoire. Au tour du pouce droit. Je ronge mes ongles. Ça me fâche, parce que je ne suis pas capable de les laisser pousser aussi longs que ceux de Michelle. L'angoisse est un castor qui a toujours faim.

Je déteste Bernard, parce qu'il me ramène toujours à l'absence de mon père. Pourtant lui, il m'aime bien. Il m'a dit plus tôt ce matin qu'il va m'offrir un cadeau. Je l'aimerai peut-être.

La visite arrive. Des amis de ma mère, gars et filles endimanchés mais pas trop, l'un a des jeans troués avec un smoking, l'autre une robe avec des sneakers. Bianca et ses grands ongles en acrylique, on dirait une panthère. On dépose les bouteilles de vin, les chips, les crudités et les trempettes sur le comptoir, rapidement il n'y a plus de place.

Manon est venue avec Michelle. Elle est au bras de son amoureux. Celui qui m'a surprise en train d'essayer une de ses jupes. J'espère qu'il ne lui a rien dit. Il s'est laissé pousser les cheveux et je me demande si je ne vais pas faire pareil. Ça lui arrive jusqu'à la moitié de la nuque et il les sépare avec une raie au milieu de la tête. Michelle est rendue bleachée blond platine comme Madonna, qui fait comme Marilyn Monroe, qui fait sûrement comme une autre.

Maman parle fort et par-dessus les autres. Elle enchaîne les cigarettes. Elle tombe dans le punch alcoolisé dès le début de la soirée.

— C'est mon petit dernier qui a mis les clémentines dans le punch, c't'une bonne idée, je pense que c'est le fruit qui absorbe le plus d'alcool ! Ha ! Ha ! Ha !

Maman rit tellement fort qu'elle me fait sursauter chaque fois.

La visite suit son rire jusqu'à la prochaine blague. « Va chercher les œufs mimosas, offres-en à la visite, mon gars. » « Va porter les manteaux, veux-tu ? » « Va mettre les bottes dans le bain. » J'ai l'impression d'être dans l'armée. Je cours partout, entre les jambes des adultes. On me bloque souvent le passage, parce qu'on ne me voit pas. Il y a tellement de monde que parfois, je me faufile en dessous du divan pour me rendre à destination. Je patauge alors malgré moi dans les flaques de neige fondue. J'ai les coudes mouillés.

Maman change le disque, c'est Nana Mouskouri édition Noël qui roucoule dans les aigus perchés des rossignols.

— Ben voyons, Émilie, c'est ben kitch, là, se plaint quelqu'un.

— Ouais, mets-nous donc du Elvis ! dit un autre.

Maman ne les écoute pas et ils finissent par oublier qu'ils n'aiment pas sa musique. Ça continue de rire. On se conjugue un party comme on peut. Je suis la seule qui n'a pas ça dans le ventre, ce rire-là.

J'attends le téléphone de mon père. Il avait promis qu'il appellerait. Je me demande comment il danse avec l'autre. Est-ce qu'il la chatouille dans les côtes comme il le faisait avec maman avant l'orage ? Je me demande pourquoi on s'aime, si c'est pour se détester après. Je me dis déjà, à cet âge-là : aussi bien ne rien avoir, pour être sûr de ne rien perdre.

Olivier a les cheveux lichés avec le gel de papa (un oubli dans la pharmacie de la salle de bains). Il sent mon père et je le déteste de me ramener à son souvenir. Regardez-le donc qui essaie de grandir trop vite. Puisque c'est Olivier, je ne le bousculerai pas dans l'escalier. Parfois, quand je suis tannée de monter et descendre les marches, je m'assois de biais sur la rampe et je glisse. Alors je me sens comme Mary Poppins, festive le temps de la glissade. Quand je pose mes pieds sur le sol, la gravité me revient. Une fois, dans la soirée, je rate ma dernière marche et revole contre le mur en étouffant ma plainte. Je ne regarde pas si je suis blessée, je regarde plutôt si quelqu'un m'a vue, parce que c'est ça qui fait le plus mal.

Maman sort le champagne. En tout cas quelque chose qui ressemble à ça. Elle et ses amies crient fort, on n'entend presque plus Nana Mouskouri. Le chum de Michelle a failli m'écraser le pied avec ses gros souliers noirs cirés. Il ne m'avait pas vue parce que j'étais à quatre pattes. Il s'est retourné et s'est confondu en excuses. L'attention m'a fait un velours.

J'arrive à la hauteur de tous les nombrils. Je pourrais leur souffler dedans si j'étais de bonne humeur. Je retournerais dehors, si mon habit de neige n'était pas mouillé ou si mes anges avaient fini de pleurer comme des pas d'allure.

Maman est encore plus pompette. Ses joues sont plus rouges que son fard qui sent bon. Elle se promène avec un plateau.

— Champagne, fort, bière, anéthing anétime, it's party !

On dirait qu'elle a fait ça toute sa vie, ce qui est le cas en quelque sorte, sauf que d'habitude, ce n'est pas de l'alcool mais des pilules qu'elle transporte sur un plateau.

Une rumeur se répand qu'il y aura un père Noël ce soir, pour Olivier et moi et tous les adultes qui ne veulent pas grandir, tous les Peter Pan de ce monde qui pourraient bien brûler, si ça ne tenait qu'à moi. Je déroberais le briquet dans la poche droite du petit manteau de cuir de Michelle que je suis allée porter sur le lit tout à l'heure. Je mettrais le feu à tous les manteaux. J'aime que le feu danse. Tous les gens devraient partir dans le froid de décembre sans rien sur le dos. Olivier me regarde ; il sait que je prépare un mauvais coup. Ça me désamorce sur-le-champ. J'annule mon plan. Si Mathias était là, ce serait plus simple. Il ferait semblant d'avoir une crise cardiaque ou une allergie au saumon et le feu naîtrait en douce dans la chambre de ma mère. Tout ça, je le note dans ma tête. Mathias n'en reviendra pas de mon imagination. Il me vénérera. Je serai sa reine, pour qui il fera tous les coups pas possibles du monde.

Maman a failli tomber avec le plateau dans les mains, je la pensais plus solide sur ses petites jambes d'oiseau.

— Faudrait que t'ailles t'étendre un peu, ma belle, on n'a pas encore mangé, recommande Bernard. Le père Noël s'en vient après souper, t'as pas oublié, j'espère ?

Je regarde son nez rouge qui me fait penser à Rodolphe, le petit renne au nez rouge. Ça me fait rire dans ma salopette aux petits boutons rouges à quatre trous. Des faux boutons, comme ça ils ne tomberont jamais. On ne les perdra pas non plus dans les craques du divan, en dessous du siège de la voiture ni dans l'aspirateur.

Les toilettes sont toujours occupées. J'aimerais aller pisser dehors, pour une fois pisser debout, écrire mon nom dans la neige, mais j'ai peur que ça me gèle de mon pénis jusqu'à mon cœur. Je me retiens. Le père Noël s'en vient de toute façon. J'aurai droit à des cadeaux. Je n'ai pas été sage. En tout cas, moi je le sais, mais personne dans la pièce ne sait que je serais prête à mettre le feu à la maison. J'imagine que mon sort de protection mentale me dissimule au regard vif du père Noël, qui scrute les agissements de tous les enfants du monde.

On cogne à la porte. Mon verre de jus d'orange (je n'ai pas droit au punch, évidemment) tremble dans mes mains. Le père Noël entre. Tout le monde arrête de parler avant de s'exclamer en chœur : « Le voilà ! » Je veux juste le cadeau qu'il a pour moi dans sa poche remplie à ras bord. On l'acclame comme si c'était Joe Dassin. Mais il ne revient pas d'Europe, il n'a jamais réussi à attendrir mon cœur et il ne me ramène pas mon père.

— Va te placer pas loin du sapin, ça va être ton tour bientôt ! m'ordonne ma mère.

Le sapin qui a des boules en verre, je me balancerais dedans si les gens pouvaient se tasser. Je vole un œuf farci dans l'assiette de quelqu'un que je ne connais pas pour ensuite l'engouffrer en une seconde – si tous mes problèmes pouvaient disparaître ainsi. Le gars à qui j'ai volé l'œuf se demande où il est passé. Je suis comme la musique punk que Michelle enregistre sur ses cassettes avec son chum, des fois, sauf que moi, je n'ai pas de stop.

Il faudrait que j'aille aux toilettes. Mon jus d'orange englouti trop vite pèse sur ma vessie. Au moment où je décide d'y aller, on m'appelle sur les genoux du père Noël. Les kodaks sont sortis, on veut voir de quoi ça a l'air, quelqu'un qui croit encore à quelque chose. J'ai l'impression de jouer dans un documentaire sur la tristesse. Je me force pour sourire. Il pue la cigarette. Papa ne m'a toujours pas appelée.

On cherche mon cadeau pendant d'éternelles minutes dans le sac. Pendant ce temps, je remarque que le père Noël sent plutôt le cigare de Bernard. Il a les mêmes yeux que lui, en plus. Je m'approche de son oreille.

— Je sais que c'est toi, Bernard.

Il ouvre grand les yeux. Surpris d'être démasqué. Je lui souris. Les fourberies, c'est réservé aux adultes. Je comprends que je viens d'entrer dans le monde des adultes bien malgré moi, et que dorénavant, on ne pourra plus m'en passer. J'en éprouve du dédain. Voir Bernard dans sa déconfiture, ça me fait sourire. Ma mère le remarque. Personne ne sait ce que je fais. Même pas Bernard. Je souris encore plus, tellement que ma mère se garroche sur son Polaroïd afin d'immortaliser le moment. Le flash retentit dans la maison. Je souris maintenant avec les dents. À cause de l'épaisseur du costume, Bernard ne sait pas encore que je suis en train de vider tout le contenu de ma vessie sur sa cuisse.

L'été suivant, maman et moi visitons ma grand-mère à Québec. Les escapades dans cette ville sont rares, c'est excitant de faire de la route. Ça me fera des vacances de mon village trop silencieux et un congé de Bernard, aussi. Nous sommes arrivées dans la ville, j'ai sommeillé ici et là sur la grande route, douces percussions régulières de ma tête contre le côté de la voiture. Le smog donne l'impression que la ville est sous une cloche de verre. On respire mal, maman baisse une fenêtre pour nous rafraîchir. Je remarque les tonnes de graffitis sur les édifices. Je me cale dans mon siège, intimidée par la grandeur de la ville.

Je marche aux côtés de ma mère. Elle me parle de Bernard, encore. C'est exténuant d'écouter son charabia. À la fin de l'hiver et au printemps, une travailleuse sociale nous a rencontrés une fois aux deux semaines, Olivier et moi, afin de savoir comment on s'adaptait au divorce. À l'école, on méritait le titre de « dangereux », parce qu'on avait de la misère à gérer notre colère. Les gens ne nous parlent pas beaucoup, à cause du divorce, ils ne savent pas quoi dire, alors c'est mieux qu'ils se taisent. Des voitures passent en trombe dans la rue de ma grand-mère.

— Cibole. Il aurait pu nous frapper.

Maman se ressaisit. Ce mouvement urbain me fascine. Partout où je regarde, il se passe quelque chose. Là devant moi, un homme promène son chien ; à droite, des enfants jouent à la marelle ; de l'autre côté de la rue, une dizaine de cyclistes avec des dossards attendent au feu rouge. C'est à des lieues du calme ennuyant de ma campagne.

Deux lilas japonais égayent sa cour avant, nous accueillant de leurs blanches panicules odoriférantes. Grand-maman a planté ces arbustes dans les années 70, quand elle et grand-papa venaient de s'installer.

— T'as des belles petites bajoues ! Viens là ! s'exclame-t-elle sur le porche en me voyant arriver.

Elle s'est mise sur son trente-et-un avec sa jupe midi beige et son tricot léger blanc à manches courtes. Sa crinière dorée a été fraîchement mise en plis pour l'occasion. Je prends toutes les belles choses qu'elle me dit. J'en fais des provisions que je rapporterai en catimini dans ma maison vide.

Nous entrons dans l'appartement.

— Je m'excuse pour le désordre, j'ai décidé de tout retourner de bord, mais avec ma hanche qui me fait mal, j'ai pas pensé que ça me prendrait deux fois plus de temps.

Toute la chaleur de la journée stagne dans son petit trois et demi, bien que les fenêtres soient ouvertes. Une odeur de bitume parfume la pièce. Je plisse le nez.

— Ah oui, ça pue, hein ? Ils refont la cour arrière avec de l'asphalte neuf. Mais tiens, je vais allumer mes bougies à la lavande.

Grand-maman a une solution à tout, c'est beau de la voir aller. Elle est pimpante malgré sa douleur.

On se promène dans le quartier après le souper pendant que grand-maman fait sa sieste. Dans une ruelle, deux hommes baraqués comme des armoires à glace. À mon grand étonnement, je découvre qu'ils tournent autour d'une personne affalée au sol. Ils la rouent de coups de pied et de poing. Un râlement se fait entendre. Ils rôdent comme des vautours, mais ils sont voraces comme des hyènes. La violence n'arrête pas. Ma mère et moi restons estomaquées. Je remarque que c'est un homme en robe qu'ils tabassent. La personne au sol les supplie d'arrêter et maman me tire par le bras pour presser mon pas. Je suis abasourdie que l'on n'intervienne pas.

— En ville, faut que tu te débrouilles tout seul pis surtout, tu te mêles pas des affaires des autres.

— Mais maman, l'homme a besoin d'aide.

— Je comprends pas pourquoi ta grand-mère reste dans cette ville-là.

Nous sommes de retour à l'appartement. On regarde la télévision, mais je ne suis pas capable de l'écouter. Maman n'a pas parlé de la scène que nous venons de voir. Je ne suis pas capable de passer à autre chose. J'entends le râlement du désespoir. C'est comme si, en ne faisant rien, on avait poussé quand même quelqu'un dans un précipice. Grand-maman finit par nous raconter ses souvenirs de l'époque où elle était enceinte de maman. Maman roule des yeux.

— Je vais aller fumer une cigarette, moi, d'abord…

Je ne peux m'empêcher de penser à la personne violentée dans la ruelle. J'ai l'impression qu'elle est avec moi.

— Serais-tu dans la lune, toi ? me demande grand-maman de sa voix de velours. J'ai un petit quelque chose pour toi, attends-moi deux secondes.

Elle revient avec ses petits pas de ballerine, avec un pendentif de quartz rose qu'elle me passe autour du cou.

— C'est drôle, cette pierre était chez Charles et Manon et je voulais en avoir une.

— Ça fait longtemps que je voulais te le donner, et comme ta fête arrive à grands pas, mais que je ne pourrai pas être là, c'est le temps.

Mes yeux s'écarquillent. Je sens une douce chaleur au niveau de ma poitrine, c'est comme si mon cœur apprenait soudainement à respirer.

— Chaque fois que tu as peur, n'oublie pas cette pierre de l'amour, reste dans l'amour, aie confiance. Ça te montrera le chemin. C'est une pierre que j'ai ramenée du Mexique v'là dix ans.

Ma mère arrive entre temps.

— Bon, encore tes affaires ésotériques.

Ma grand-mère ne lui donne pas d'attention. Elle s'approche de moi, en chuchotant avec un sourire.

— Quand je me suis séparée de ton grand-père, j'avais besoin de me ressourcer. J'ai décidé d'aller au Mexique et j'ai rencontré un chaman, là-bas, qui vendait des pendentifs sur le bord de la plage. J'avais passé la nuit debout à écouter les vagues en pleurant. Le lendemain, je suis retournée voir le chaman. Je lui ai demandé de me faire un pendentif et de choisir la pierre qui parlait le plus de ce que mon cœur avait besoin. Il a choisi le quartz rose pour me guérir de ma peine d'amour. Je sais que c'est pas toujours facile à la maison, que les séparations sont traumatisantes bien souvent, mais parfois, elles sont nécessaires pour qu'éclosent des fleurs. Charles m'a dit que tu aimais les pierres. Je sens que je dois te donner ce pendentif pour t'aider dans tout ça. Voilà.

Elle donne un bisou sur le pendentif.

— Comme ça, je serai toujours avec toi.

J'absorbe tout ce que ma grand-maman me dit. Je la vois sur la plage à tenter de déchiffrer ce que la mer tente de lui dire. Je serre fort contre mon cœur mon cadeau déjà si précieux, que je n'enlèverai plus jamais.

— Bon, c'est ben gentil, mais faut y aller, nous autres. Pis assure-toi de mettre ce collier-là en dessous de ton chandail, OK ? Le rose, c'est pour les filles, et ils vont rire de toi à l'école.

Je pense de nouveau aux vautours dans la ruelle. Je serre fort mon pendentif. Je me sens déjà mieux.

C'est le temps pour moi d'entrer au secondaire, dans ce monde à la fois étrange et terrifiant. Je suis fébrile d'avoir terminé le primaire, mais voilà que je suis projetée dans un monde où les jeunes de tous les villages de la région se retrouvent en un seul et même lieu. Encore des maux de ventre qui me retiennent jusqu'à la dernière minute aux toilettes avant de partir le matin.

Olivier est déjà habitué à ce rythme de vie plus rapide.

— Dépêche-toi, c'est pas comme au primaire, le chauffeur, y'attend pas si on sort en retard.

Le plus stressant, c'est de passer de mon statut de plus vieille du primaire à celui d'embryon vulnérable aux yeux des plus grands.

L'école ne ressemble en rien à celle que j'étais habituée de fréquenter depuis six ans. Elle est au moins quatre fois plus grande et au lieu d'avoir un caractère champêtre, elle a plutôt un look de béton faisant penser à une prison. Il y a une grande cour où des dizaines d'autobus sont garés en rangs serrés, prêts à nous prendre pour le retour à la maison. Il y a un rond-point par où ils passent tous et en face de ce rond-point, de la verdure. Des arbres, pour la plupart des frênes et des bouleaux, jettent leur ombre rafraîchissante en cette fin d'été. L'école est à flanc de colline et derrière, un boisé sinueux s'offre à la découverte des curieux. Il n'y a pas de clôture, comme au primaire, mais j'ai plutôt l'impression que je vais entrer en prison.

À l'intérieur de l'école, on se perd dans le dédale de couloirs blanc immaculé. C'est là que je vais passer cinq ans de ma vie. Je demande sans cesse mon chemin. On me pointe sommairement une direction. Mais par là, c'est où ? Je tombe face à la bibliothèque et j'en fais tout de suite mon salut et mon refuge.

J'ai peur d'aller dans le monde. Je m'arrange toujours pour suivre un élève de ma classe lorsqu'on doit se rendre à nos cours. Mon secondaire, je le passe dans le dos de quelqu'un. Je ne suis pas avec mes camarades du village. Je suis dans cette brumeuse nouvelle réalité. On nous a disséminés dans des classes différentes « pour favoriser les échanges entre les régions », nous a dit le grand directeur, dans son complet gris comme le béton de l'école.

Je vois Mathias pendant les pauses et à l'heure du dîner. C'est à peine si je mange tant j'ai l'estomac noué. Il sort avec Mélissa. Ils se prennent toujours la main. J'ai fait le deuil d'une possible relation avec Mathias l'été dernier, quand j'ai bien vu qu'il n'avait d'yeux que pour elle. Il lui joue dans les cheveux. Ils rient souvent ensemble et un moment donné, je me surprends à rire avec eux. Les choses sont ce qu'elles sont.

Ça joue dur, dans les casiers. Les gars tentent de prouver leur supériorité musculaire. Certains se bagarrent dans un coin. Les gens ne les regardent pas, ils font partie du décor. Une certaine violence fait partie de notre quotidien, dorénavant. On me bouscule en me traitant de sac d'os. Dans l'autobus, quand je sommeille, on me réveille en me lançant des bouts de gomme à effacer. Je me secoue un peu, comme un ours qui se réveille de son hibernation. Je ne regarde pas en arrière de moi. Je sais qu'on voudrait m'effacer. J'y songe, de plus en plus.

J'ai toujours le cafard quand je dois aller aux casiers. Je me suis pratiquée à ouvrir mon cadenas à la maison une semaine de temps avant la rentrée afin d'être rapide et de sortir au plus vite de l'école.

Je tourne dans le gymnase comme un rat de laboratoire. Je me demande pourquoi on ne va pas courir dans les grands champs près de l'école. Dans les vestiaires, je ne me change pas devant les autres. Je me souviens du lac au camp de vacances et c'est assez pour me terroriser de nouveau. J'ai peur qu'on voie mon corps, qu'on l'analyse, qu'on le dissèque avec la honte. J'ai peur d'être à la merci des gloussements et de ne plus savoir comment prendre la fuite, alors je suis tout le temps sur le qui-vive, je suis toujours prête à voir surgir cette menace. J'ai peur qu'on voie mes seins.

— D'après moi, il se lave jamais, lui…, crache un des gars en parlant de moi, après avoir remarqué que je ne me change jamais après les cours.

Et voilà que ma réputation de pouilleux est renouvelée pour je ne sais combien d'années encore. Je ne sue pas comme les autres gars, qui débordent de testostérone. Non, moi, ma sueur, elle coule par en dedans.

Pour m'épargner la torture des cours d'éducation physique, je décide un jour d'aller voir l'infirmière. Elle a un air grave et une permanente grise. Elle semble toujours occupée dans sa paperasse. Je me demande si elle est à sa place, si elle se plaît dans cette prison. Je ne sais pas si je vais pouvoir mentir. Ses yeux ont l'air de rayons X. L'idée de retourner à mon cours me donne tellement la nausée que finalement, je deviens livide. Je veux me vomir, moi et toute ma honte.

Les cours de français restent mes préférés. J'aime la professeure. Elle a tout le temps des petites broches dans ses cheveux argentés, elle me rappelle une chouette qui semble tout savoir. Elle passe près de nous en abaissant un peu le regard afin de le plonger dans nos productions écrites. Je lève la tête. Après avoir lu quelques phrases, elle me fait un signe d'approbation. Je suis sa préférée.

Un gars me regarde souvent et si je le sais, c'est parce que je le regarde souvent aussi. Il s'appelle Thomas. Il a un crayon de couleur glissé derrière son oreille droite et il dessine dans les marges de ses cahiers. Il est toujours échevelé et ne semble pas se préoccuper de ce que les autres pensent de lui, je l'admire pour ça. Quand il se concentre sur ses dessins, c'est là qu'il s'ébouriffe le plus. Il me demande souvent les directives, parce qu'il n'écoute pas la professeure. Je lui répète toutes les consignes de ma petite voix tremblante dans son oreille, à l'insu des autres.

Quelques semaines plus tard, dans le cadre de notre premier travail en équipe, il me demande à ma grande surprise si je veux me mettre avec lui. Je suis euphorique, pour une fois qu'on m'approche pour autre chose que pour se moquer de moi. Thomas se penche au-dessus de mon bureau pour écrire son numéro de téléphone sur un morceau de papier. La cloche sonne. Je m'abandonne dans le vacarme de la classe. Je fixe le bonhomme sourire qu'il a dessiné à côté de son nom.

J'apprends lors de nos rencontres sur l'heure du dîner qu'il vient de la ville de l'école. Il est le fils d'un fonctionnaire qui travaille pour le palais de justice. Je me demande pourquoi il s'intéresse à un gars de fond de village que personne n'arrive à situer. Je vais le rejoindre les fins de semaine dans un restaurant fastfood. On s'échange des regards timides autour d'une frite. On travaille sur notre devoir. Quand il rit, ses joues parsemées de taches de rousseur me donnent envie de poser mon visage dessus pour dormir paisiblement, tant elles semblent douces. Un jour, nos mains se touchent à l'abri des regards indiscrets. On se promène dans les boisés pendant les pauses à l'école. Puis, on pique une course jusqu'à nos cours. Notre rire sent les fleurs de pivoine et les rameaux de cèdre.

Je n'ai pas envie de contrôler la myriade de sensations qui m'habitent. Quand je retourne à la maison, j'espère que personne ne m'adressera la parole, pour pouvoir rejouer dans ma tête ces moments précieux partagés avec lui. « Je les trouve mignonnes, moi, tes petites oreilles décollées. » « Moi aussi, on me considérait comme un singe, au primaire, parce que je grimpais partout. » C'est bon d'être électrifiée par sa beauté. Ça donne un sens à mes journées.

Entre les branches, j'entends dire que fumer empêche de grandir. Je demande alors une cigarette à une élève plus âgée. Je me dis que si je deviens grande plus tard, je serai moins féminine. Ma croissance n'est pas terminée. Je veux rester plus petite que Thomas, afin qu'il m'enlace et que je puisse enfouir ma tête dans ses bras et entendre les battements de son cœur. La gorge me brûle, j'ai beau m'étouffer avec la fumée, je me dis que je fais ça pour mon bien. Je repense à Michelle, qui exhale sa fumée avec grâce. Je serai comme elle, rejointe par Thomas sur le capot d'une voiture.

On se passe la cigarette entre amis pendant les pauses. Nous sommes sous un pavillon, à l'abri du soleil ou de la pluie, j'ai le sentiment de faire partie d'une gang. J'aime lever ma tête vers le ciel quand j'exhale la fumée. Je crois ressembler aux grandes actrices de cinéma. Thomas me vole quelques bouffées. On s'embrasse par l'entremise du mégot. On prend une gomme et on retourne à nos cours, fiers de faire quelque chose de prohibé, à l'insu de nos parents.

« *Thomas m'a regardée plusieurs fois, je lui ai souri et on se renvoyait ce sourire chacun notre tour, j'avais l'impression d'être dans une partie de ping-pong.* »

« *Thomas trouve que j'ai des beaux yeux, il ne sait pas que c'est parce qu'ils sont toujours plus beaux quand je le regarde, autrement, ils sont ternes et sans étincelles.* »

« On m'a encore traitée d'anorexique sur l'heure du midi. »

Je commence à me peser chaque jour. Je mange comme une forcenée pour qu'on arrête de m'insulter ainsi, mais ensuite, la culpabilité arrive, je creuse ma gorge avec mes doigts pour en faire sortir la bile. J'essaie de faire ça en douce. Parfois, quand ce n'est pas possible parce qu'il y a quelqu'un d'autre dans la maison, je vais vomir dans la forêt. Je m'inspecte dans les miroirs et je scrute les ravages de l'adolescence sur mon corps d'enfant. Mes épaules se sont élargies au même rythme que ma peur, je pense à dormir chaque soir enroulée de pellicule de plastique pour ne jamais atteindre la largeur d'un adulte. Je dois me convaincre que j'aime ce corps, que j'aime ces poils pubiens qui font leur apparition, cette pomme d'Adam qui m'arrache la voix que j'aimais, mon corps est une insulte.

Thomas et moi, on a presque terminé notre devoir. J'ai cette crainte en filigrane qu'il se désintéresse de moi quand on l'aura terminé, alors je prends mon temps pour ne pas le finir trop vite.

On s'envoie des tonnes de messages en plein cours. Des papiers pliés et repliés des centaines de fois ou mieux, on se lance des regards pour synchroniser le moment où on va échapper notre crayon en même temps, pour rendre le professeur d'histoire dingue. Ça me fait penser aux moments de franche camaraderie que j'avais avec Mathias, sauf que nous ne cassons pas de fenêtres. Avec lui, j'ouvre des fenêtres qui donnent sur une existence paisible.

Pour le retour des classes, nous empruntons un chemin dans le boisé. Thomas semble vouloir me dire quelque chose, il ouvre souvent la bouche comme une amorce, mais il ne fait que tousser. Le silence m'effraie, parce que dans ma famille, ça annonce toujours une mauvaise nouvelle.

Au moment où je me retourne pour lui demander ce qu'il aimerait me dire, je reçois un baiser sur la joue.

— Ça fait longtemps que j'avais envie de faire ça…

Je ne parle pas, hébétée par cette démonstration d'affection. Je me touche la joue, comme pour que son baiser y reste encore. Nous sommes sous le frêne pétillant de lumière de fin de journée, et je viens de recevoir mon premier baiser sur la joue.

Il semble mal à l'aise, il regarde le sol.

— J'espère que j'ai pas fait une erreur…, soupire-t-il, alors que je lui rends son baiser sur la joue.

Tous les deux, nous sommes sous la commotion d'un baiser. Nous arrivons chez lui, j'ai l'impression de ne pas toucher terre. Sa mère est dans le salon et se lève tout de suite à notre arrivée. Elle a les yeux tellement noirs qu'on ne distingue pas sa pupille. Ses cheveux tout aussi noirs ont le reflet bleuté de la nuit. Elle nous prépare du saumon sur un lit de riz.

— Est-ce qu'on peut boire un peu de vin pour le souper, maman ? demande Thomas.

Elle semble réfractaire, mais elle décide de nous servir deux coupes. Je ne sais pas pourquoi il y a autant d'ustensiles près de mon assiette et je commence à éprouver de la nervosité. Pendant le souper, j'attends toujours que quelqu'un prenne un ustensile afin de l'imiter. Nous mangeons dans des assiettes cerclées d'or. Nous avons droit à une entrée, un potage à la courge à la texture veloutée, ensuite une salade grecque – je dévore les morceaux de feta en premier, je me découvre une passion pour les bouchées salées, plus tard, ce sera le sel de la peau. C'est la première fois que je prends du vin, ça me monte à la tête assez vite. J'ai envie d'embrasser Thomas sur toute sa surface épidermique. Le saumon fond dans la bouche et je suis en train de me demander avec quelle magie sa mère cuisine. Je n'ai jamais mangé un plat aussi bon. Le dessert est un gâteau Reine-Élisabeth qui disparaît aussi vite qu'il est arrivé. Après le souper, nous montons dans sa chambre.

— Tu peux dormir chez moi, si tu veux. Je sais que tu ne restes pas à côté…

Je le sens tendu, je ne sais pas quelle réponse il attend de moi. Si je refuse, j'ai peur qu'il pense que je ne suis pas intéressée, et si je reste, j'ai peur qu'il me considère comme quelqu'un de facile. Il se balance d'avant en arrière comme un pendule ponctuant mon indécision. Je décide d'appeler ma mère pour lui dire que finalement, je resterai à dormir. Thomas se réjouit sur son lit. Le jour succède à la nuit.

Thomas s'approche de moi et se glisse dans les couvertures. Je me rétracte. Je sens son souffle sur mon visage.

— Chut, c'est rien, ça va bien aller.

Je ne comprends pas pourquoi il trouve que ce n'est rien. Pour moi, ça représente la fin des fantasmes. Je vois mon père dans le champ de bleuets. Mathias qui me tape sur l'épaule pour me déconcentrer alors que je pilote son avion téléguidé. Michelle sur le capot de la voiture, à exhaler sa fumée. Son chum qui me creuse les côtes pour chercher mon rire. La cour d'école. La vitre du gymnase qui éclate en mille morceaux. Ma cuisse éraflée dans la poursuite. La mousse du peroxyde sur ma plaie. Tout ça semble maintenant appartenir à une autre époque. Thomas me mord la nuque. Je revois la personne au sol tabassée à Québec, je ne sais pas pourquoi je ne peux pas être présente dans l'instant. C'est comme si j'avais besoin d'être ailleurs. La cave de pommes de terre. Le raton laveur. Je regarde mon corps et ne comprends pas pourquoi je suis un garçon. Je veux ma robe, tout de suite. Les taches noires sur les cartons chez l'intervenante : un oiseau, un marteau, une baleine, un père en colère.

— Je m'excuse de t'avoir mordu la lèvre.

Je n'ai rien senti. Je me concentre sur le passage des doigts de Thomas sur mon corps. Je peux ressentir son toucher. C'est comme s'il me rendait réelle, un peu plus ancrée dans le monde. Ses lèvres laissent des frissons partout où elles passent. Ce corps que je déteste me donne du plaisir, c'est si étrange. Ses creux, ses monts, ses vallées. J'existe sous la pression des paumes de Thomas. Enfin quelqu'un qui s'intéresse à moi. De petits éclairs bleus au bout de nos orteils. Ses bras tremblent. J'offre mon corps dans tout le désir qu'il suscite. Une pointe d'amertume finit par faire son apparition. Je me rends compte que je ne sais pas à qui je vais pouvoir raconter ça, cette première fois. Ma mère n'approuvera certainement pas mes cachotteries. Mathias n'a d'yeux que pour Mélissa. Mon père est dans je ne sais quel pays encore.

— Pourquoi tu fixes le plafond ? me demande Thomas.

J'ai envie de lui dire que je ne suis pas capable d'être ici, qu'il me faut être ailleurs, sinon ça fait trop mal. Nous finissons par nous endormir en cuillère.

Les années passent et nous ne reparlerons jamais de ce qui s'est passé dans sa chambre. À l'école, je lui donne un coup de main, puisqu'il a redoublé son français de secondaire 4. On se voit chaque midi depuis une semaine, pour réviser son français en vue d'un examen décisif pour son avenir.

Nous formons un curieux mélange : Thomas qui finit souvent en retenue pour terminer ses devoirs et moi, l'ange dont personne ne se doute qu'elle veut exploser. Je contiens ma rage la plupart du temps, sinon je griffonne sur les murs des toilettes et sur les pupitres. Je ne dis jamais que c'est moi.

Chaque midi est une occasion pour ne pas être seule. On en profite pour se raconter nos vies.

— Tu es le gars parfait pour moi, toi, merci tellement de m'aider avec ça.

Je ne me sens pas bien quand on me parle au masculin. Il frotte son nez, allergique au printemps comme à l'été. On se voit aussi chez lui. J'essaie de jouer le jeu avec sa mère, afin qu'elle ne se doute de rien. On recommence à s'embrasser, lui et moi, dans une passion incendiaire dès que l'on entre dans sa chambre. Il me parle de ses projets d'avenir. Il aimerait faire des études en architecture à

Montréal. Je trouve ça impressionnant qu'il ait une vision qui le projette aussi loin dans sa vie. Le brouillard, chez moi, m'empêche de voir aussi clair. Peut-être qu'un jour, il pourra me donner des conseils pour structurer mon existence chaotique. Alors que nous sommes assis autour d'une bière, il me demande ce que je voudrais devenir. Je dis que je voudrais devenir quelqu'un, une personne sous les projecteurs, qui fait du bien autour d'elle.

— À nos beaux projets ! s'exclame-t-il en trinquant.

Vers la fin de l'année, il m'invite à une soirée. Il attend une vingtaine de personnes, que je ne connais pour la plupart que de vue. Bien que je sois nerveuse à l'idée de revoir des gens qui ne m'inspirent pas confiance, j'accepte l'invitation.

Avec Thomas, je fais de longues marches méditatives, il me semble qu'en sa compagnie, le bruit dans ma tête n'est pas dérangeant.

Thomas dispose de la maison à lui seul, pour ce soir. Il est radieux, allumé d'une joie de vivre que je n'avais jamais connue chez lui. Ça m'émeut. Je bafouille devant sa splendeur.

J'ai emprunté le liner de Michelle pour ourler de noir mes yeux et les rendre félins. C'est la première fois que je le fais en public. Je me sens à la fois audacieuse et craintive. Ma crainte se dissipe lorsque Thomas vient me rejoindre.

— Wow, ça te fait bien, toi, une ligne de liner, t'as pas l'air emo !

Je lui offre un sourire, le plus grand de ma vie.

La bière coule à flots et les musiques se succèdent. System of a Down par moments, souvent de la pop. Nous transpirons sur du Cascada. Je libère mes hanches de leur rigidité masculine. Fauve, j'étincelle sur la piste de danse. Ça attire l'attention de Thomas, qui maintenant danse avec moi, tout sourire et tout sueur. J'ai envie de lui. De nos corps ensemble.

Les heures s'entassent comme les gens au party. On se colle dans la fatigue des divans. Thomas et moi, on monte dans sa chambre pour se voler quelques baisers à l'abri des regards indiscrets.

— J'ai envie qu'on fasse l'amour quand tout le monde sera parti, me confie-t-il en prenant mon visage entre ses mains.

Je me sens comme dans une maison, ainsi. Je ne sais pas s'il voit que de mes yeux charbonneux, des larmes de joie veulent sortir.

Nous allons manquer de bière, alors Thomas décide de prendre sa voiture pour aller en chercher. Il me propose de l'accompagner. Je suis médusée par ce petit nez qui se retrousse à chacune de mes blagues. Il pose sa main sur ma cuisse. Je lui caresse l'avant-bras. Sa conduite laisse un peu à désirer, mais ce n'est pas grave parce qu'il n'y a personne à cette heure tardive. Il omet quelques arrêts pour aller plus vite. Je lui susurre dans l'oreille :

— Regarde la route, Thomas.

— Hé, je pensais à ça tantôt en regardant tes yeux maquillés, pis je trouvais que tu ferais une belle fille.

Il me scrute un moment.

— Oui, une vraie belle fille.

Je me prélasse dans l'apesanteur de son désir, sereine comme au sortir de l'Enfer.

J'apprends que nous avons failli percuter un orignal qui traversait la 138. C'est une dame avec son cellulaire dans les mains qui m'en informe.

Ça me revient. Ma tête percute la boîte à gants. Je vois un éclair. Il y a le déchirement sec des chairs et de la tôle. Je n'entends plus ma voix. Un mince filet d'air parvient à peine à sortir de mon poumon. Un liquide coule sur mon front. Je ne sais pas si c'est de l'essence ou du sang. Je veux crier, mais rien ne sort de ma gorge. Je ne sais pas si je suis morte. Thomas a les yeux fermés, la tête accotée sur le volant. Ça n'augure rien de bon. Je réussis à me dégager de la ceinture qui me retient.

La dame a vu la voiture tomber dans le ravin. Elle s'étonne que je n'aie pas plus de blessures que ça. Elle vient d'appeler une ambulance. Thomas bouge un peu. Il crache du sang. Je l'informe que les secours s'en viennent.

Dorénavant, chaque fois qu'on démontrera de l'intérêt pour ma féminité, je me rétracterai de peur qu'un autre accident survienne. Malgré la violence de l'accident, nous nous en sortons sans trop de blessures.

À l'hôpital, après m'avoir examinée, on me donne un lit pour la nuit. Ma mère a été appelée et elle arrive avec Olivier, le visage bouffi de larmes. On me garde une journée à l'hôpital pour s'assurer que tout va bien. Thomas, quant à lui, nécessite plus d'attention : il a une côte fracturée qui a passé près de lui perforer le poumon, et une jambe cassée. Je demande à le voir. Des fils sont branchés à lui. Ma mère m'ordonne de ne pas trop m'attarder. Elle le regarde d'un mauvais œil, puisqu'il a mis ma vie en péril.

Le retour à l'école se déroule, pour moi, comme si rien n'était arrivé. Je traîne les livres de Thomas, qui lui se déplacera en béquilles pour le reste de l'année.

Au début des vacances, autour d'une bière, il m'apprend qu'il va déménager à Montréal pour entreprendre ses études en architecture. Cette nouvelle me fait plus mal que l'accident. Je ne sais pas encore que c'est la dernière fois que je le verrai.

Parfois, je me réveille dans la nuit avec le crissement des pneus et le cri de Thomas avant l'impact. Ça fait deux mois depuis l'accident. Je décide de m'inscrire sur Facebook, parce que tout le monde ne parle que de ça. Le site me suggère des amis. J'écume les profils sans intérêt. J'aime le fait que je peux partager mes écrits. Je partage des poèmes, la plupart du temps, écrits entre deux crises d'angoisse. Je remarque qu'un gars réagit toujours à mes publications. C'est à ce moment que je fais la connaissance de Guillaume. Je décide d'aller voir son profil et je découvre une myriade de vidéos de musique dans lesquelles il improvise des riffs de guitare électrique. C'est comme si son cœur parlait à travers ses doigts, les cordes et la musique. C'est un langage que je comprends. Avec le temps, les vidéos façonnent une trame musicale à ma routine. J'arrive de l'école, je dépose mes effets personnels au bas de l'escalier et me précipite pour voir sa nouvelle vidéo. Je vais même parfois voir durant la nuit s'il n'a pas publié quelque chose, afin d'avoir une nouvelle musique sur laquelle m'endormir.

Je parcours ses photos : toujours ce regard triste, je cherche le sourire, mais il semble n'avoir jamais été là, ou bien il a été effacé. À quatre heures un certain matin de septembre, je décide de lui écrire. Il me répond aussitôt. Je me confie à lui à propos de mes parents séparés, de mon ennui de campagne, de mon orientation sexuelle que je dissimule encore du mieux que je peux. Nous nous rejoignons au gouffre de la même tristesse.

Il constate que mon mal-être est pesant. De son côté, il m'explique que ses parents ne sont pas encore au courant, mais que ça viendra, un jour il trouvera le courage. Nous nous en remettons à la solitude qui pèse, à l'angoisse qui nous taraude, à l'incertitude des jours. Nos deux solitudes s'unissent pour faire passer une lumière. Il remet les torrents de mes soirs dans leur cours, il sait trouver la suite de mes phrases alors que j'ai l'impression de ne plus savoir comment parler de moi, de ce que je vis et surtout de ce que je ne vis pas.

Il habite un patelin en bordure de la ville de Québec, de l'autre côté des ponts. Il peine à afficher son désir pour les autres garçons, même avec ses amis. En plus de ne pas m'aimer physiquement et d'avoir peur de disparaître si je ne mange pas assez, je déteste aussi mon cœur, qui ne sait pas comment parler. Ça m'enrage de ne pas savoir comment exprimer ce qui en moi se supprime, sinon. On se considère tous les deux comme des monstres, comme des abominations, on se comprend dans notre marginalité.

On allume nos webcams. Ses yeux vert émeraude brillent dans l'océan de mes yeux. Il a de longs cils courbés qui lui donnent un air de poupée, ça contraste avec la forme de son visage carré. Derrière cette charpente en ruines se cache un enfant qui n'arrête pas de pleurer. On se partage des chansons. La musique est notre langage principal. Ce n'est pas par la parole que nous apprenons à nous connaître. Il y a des musiques que je lui fais découvrir qui me font sentir des odeurs. Par exemple, *Dans les yeux d'Émilie* de Joe Dassin me rappelle le parfum floral et exotique de ma mère mélangé au varech de nos plages euphoriques. Maman me prenait par les mains et me faisait tourner. L'émotion arrive quand je parle de cette période qui semble appartenir à une autre époque. Je dois alors prendre une pause et écrire plus tard à Guillaume. Je fomente des plans d'évasion. Il me semble que je suis mûre pour la vraie vie, les vraies choses. J'ai envie de tomber de l'arbre, mais à l'inverse de ma mère, de ne pas pourrir dans ce village. Cette envie de partir loin, je la tiens de mon père.

Plus ça change, plus c'est pareil. Maman se chicane au téléphone avec mon père. Bernard lui suggère de couper contact. Maman se chicane alors avec Bernard. Elle est toujours en dispute, si ce n'est pas à cause d'un homme, c'est à cause d'elle. Quand je vois ma mère énervée comme ça, je me plante les ongles dans les cuisses. Ça laisse des croissants de lune dans ma chair. La nuit reste longtemps sur mes jambes.

Bernard fume comme une cheminée. Tout empeste, même les rideaux et mes oreillers dans ma chambre. Mon sommeil est incendié. Même si je ferme la porte, il m'envahit.

Je m'intéresse au tricot avec l'ambition de construire un pont entre moi et le monde. Je suis productive, je rémunère mon angoisse et vends des foulards. J'écris à Guillaume dans ma chambre. La fenêtre ouverte permet d'inonder la pièce du chant des oiseaux. Ainsi, je n'entends pas les tourtereaux dans le salon.

C'est terminé, les jeux dans les boisés, terminé le temps où il était facile de me réfugier dans les personnages. Les responsabilités s'accumulent. La pesanteur que procure l'adolescence se paie au détriment des libertés de l'enfance.

Les échanges avec Guillaume sont de plus en plus flamboyants. Il aimerait faire carrière dans la musique, chanter ses propres compositions. Pour l'instant, il a un pied dans l'industrie musicale en tant qu'ingénieur du son. Il se rend souvent à Québec pour une compagnie de disques. C'est là que je lui propose qu'on se rencontre pour une première fois. Enfin un objectif : partir seule. J'imprime donc une carte de Québec, j'épargne mes sous pour le billet d'autobus. Je fais tout pour garder mon calme et dissimuler mon projet à ma mère. Je les regarde au déjeuner, elle et Bernard, ils semblent heureux, mais ma vie est ailleurs. Je pense : dans quelques mois, je serai loin de vous, pour, qui sait, être enfin plus près de moi.

Quelques mois plus tard, j'ai le billet aller-retour en main. J'ai un gros sac à dos rempli.

— C'est aujourd'hui que je vais chez grand-maman, dis-je à ma mère.

— Parfait, mon beau, sois prudent, appelle-moi une fois rendu.

Je serre fort mon pendentif de quartz rose que j'ai toujours à mon cou. Dès que je serai hors de la maison, je le sortirai à la vue de tous. À cause de mon mensonge, je devrai me rendre pour de vrai chez ma grand-mère avant de rencontrer Guillaume. Mon sac à dos gigantesque me donne l'air d'une tortue. Mes jambes frêles semblent menacer de se rompre d'une seconde à l'autre. Je l'ai préparé comme si j'allais partir toute la vie.

Quand je quitte ma mère à la gare d'autobus, je lui demande si ça la dérange que je parte sans elle.

— T'es assez grand. Je parle plus trop à ta grand-mère anyway, parce qu'elle arrête pas de demander des nouvelles de ton père.

Je sens un motton dans ma gorge.

C'est la première fois que je me rends seule à Québec. Mon voisin de siège, dans l'autobus, est un jeune homme d'affaires qui pianote sur son ordinateur. Le bruit continu des touches du clavier m'empêche de trop penser. Je me mets à relire mes conversations avec Guillaume, que j'ai imprimées avant de partir. Je pense aux rêves qui s'évaporent, l'aube sur le visage.

Québec se dévoile dans la somptuosité de l'été. Arrivée à la gare du Palais, je regarde ma carte. Je suis au milieu d'une procession de valises et de destins. Le bourdonnement des conversations est ahurissant. Fleurit en moi la terreur de perdre mon chemin. Je m'assois souvent sur les bancs publics, en prenant de grandes inspirations. Je suis étourdie. « Tu n'es pas perdue, tu te retrouves. »

C'est difficile de me rendre compte que je peux être intéressante au point que quelqu'un a eu envie de me voir. J'ai donné à Guillaume l'adresse du centre commercial près de chez ma grand-mère. On a prévu de se voir demain. L'homme dans mon écran va donc se matérialiser enfin sous mes yeux.

Je suis dans le taxi qui m'amène jusque chez ma grand-mère. Le compteur monte à une vitesse fulgurante et je crains pour mes économies. Le ventre noué, je jette des regards furtifs de gauche à droite, comme si Guillaume pouvait se trouver à un coin de rue du battement fulgurant de mon cœur.

Si je ne peux pas payer le taxi, je sais que je vais prendre mes jambes à mon cou. Le chauffeur me demande si je suis en fugue. J'ai envie de dire que je ne sais pas.

J'arrive chez ma grand-mère à temps pour les commissions au marché. Chaque moment qui m'est alloué avec elle m'est précieux. Elle a cette présence rassurante qui me fait oublier les tracas familiaux pour un temps. Je fais un signe de révérence aux lilas qui m'accueillent de leurs bras pleins d'amour. La porte de l'appartement sur la rue des Lilas s'ouvre. Ma grand-mère se précipite vers moi dans sa joie contagieuse. Elle m'embrasse le front à répétition, comme un pic-bois.

— Tu as encore ton pendentif à ton cou, ça me fait chaud au cœur, ça !

Nous entrons. Elle m'offre des biscuits, des bonbons en gélatine saupoudrés de sucre. Sa démarche est gracieuse. Elle se déplace avec des petits pas de souris. Nous sirotons du thé aux fleurs de jasmin sur le balcon. C'est l'heure dorée et la journée se teinte de mélancolie pendant que nous regardons les enfants jouer sous le soleil dans la cour arrière. J'ai déjà été aussi petite qu'eux, mais j'ai grandi à la vitesse de l'éclair.

— Hé, tu as le temps de vieillir, crois-moi, alors profite de ta jeunesse le temps qu'elle passe.

Elle me raconte des anecdotes sur chaque enfant qu'elle connaît. La brassée de blanc sur la corde se balance sous la faible brise d'après-midi et me fait penser aux pages encore vierges des histoires à vivre.

Je prends conscience qu'en ville, le soir comme la nuit, il ne fait jamais noir à cause de la pollution lumineuse. Quelques ombres sur les murs de la chambre me font sursauter. Je constate que c'est seulement des voitures qui passent. J'y vois des fauves se dirigeant sur moi, alors je ne dors que d'un œil. La projection de cet arbre, près de la fenêtre, a l'air de tentacules semblant vouloir me retirer de mon bonheur. Il arrive que je n'entende plus le ronflement de ma grand-mère et je me fais un sang d'encre. C'est la première fois que je dors avec elle et j'ai peur qu'elle meure dans son sommeil. Je me précipite à la salle de bains plusieurs fois. Je me demande combien de tic-tac d'horloge me séparent du sommeil.

Le lendemain, l'appartement retrouve ses couleurs pastel. Grand-maman écarte les rideaux et une lumière traverse de plein fouet le salon. En pyjama, nous jasons. Je ne tiens pas en place, je verrai Guillaume bientôt. Je suis sur le divan à passer mes doigts sur les feuilles des plantes pendant qu'elle me parle. Le contact frais et cireux me plaît et me détend. Elle fait fondre du beurre dans la poêle. Elle cuisine des pains dorés. L'odeur de lait et de vanille m'enivre et me fait saliver. Elle jette des regards furtifs vers moi, sans se douter que je la vois à tous les coups. Je la laisse faire, parce que je sais qu'elle peut ainsi se laisser aller à une tendresse qu'elle ne se permet pas avec les autres. Nerveuse, je me surprends à rouler le bas de la nappe en dentelle avec mes doigts.

— Je sais que ça se passera bien.

Je recule sur ma chaise. Elle a ce don de lire en moi avant même que j'aie écrit la moindre phrase dans mon esprit, c'est pour ça que je l'aime. Elle me serre dans ses bras et me dit quelque chose que ma mère me dit rarement : je t'aime.

Une fois arrivée au centre commercial, je repère tout de suite Guillaume, assis sur un banc. Je lui tape doucement l'épaule, il se retourne et ouvre la bouche. Au départ, j'ai envie de fuir, mais je me sens tout de suite à l'aise dans ses yeux.

Nous décidons d'aller chez lui. Une fois rendus, nous allons dans la cuisine au sous-sol. Il habite seul depuis un an. Guillaume replace ses lunettes, même si elles ne tombent pas sur son nez. Je sens qu'il est nerveux. Je commence à avoir peur, je suis loin de chez moi… et si jamais il était mal intentionné ? Le fait que la cuisine soit plongée dans la noirceur ajoute à mon inquiétude. Il ouvre les lumières. Je perçois le grésillement d'un vinyle. Et ce qui joue c'est *Love Me Two Times* de The Doors. J'ai envie de danser. Il entreprend la préparation du souper. Pâtes sauce béchamel. J'ai les larmes aux yeux quand je regarde le sol. Des pétales de rose ornent la céramique du plancher. Des volutes de fumée d'encens floral se tortillent entre nos sourires. Quand il voit à quel point tout cela m'émeut, deux soleils se lèvent dans son regard et relèguent au placard les ombres qui peuvent encore m'habiter.

Ses gestes sont d'une lenteur précise et fascinante. Il est à des lieues de moi, qui bouge sans cesse et n'arrive jamais à tenir en place. J'admire le fait qu'il ait son propre appartement, sa propre liberté. Il râpe le fromage. Je me racle la gorge pour meubler les silences, bien qu'ils ne soient pas inconfortables. Je sais que je pourrai lui confier mon sommeil.

À la moitié de mon assiette de pâtes, je ne peux plus m'en empêcher, je me rue sur lui. J'émerge des profondeurs abyssales et je retrouve enfin mon air. *L.A. Woman* joue, ce sera notre chanson. On roule dans les pétales, dans cet amour qui naît et qui grandira, je le sais déjà. Il est question de tout, sauf d'avoir mal à cause de la céramique.

Il découvre mon corps. J'ai honte de mon sexe, mais pas assez pour ne pas m'abandonner à lui. C'est avec lui que je veux passer ma vie.

Nous sortons un peu sur le perron, tout le voisinage semble dormir à poings fermés. Aucun chien n'aboie. Je suis tissée avec lui. Il m'a prêté son gros pull pour ne pas que j'aie froid. Des étoiles par milliers dans le ciel de la fin de l'adolescence, agrémenté d'une nouvelle constellation : nous.

Le lendemain, après une nuit idyllique, Guillaume vient déjà me reconduire à la gare. Je ne dois pas semer le doute dans ma famille. La route est linéaire, contrairement à celle de ma campagne cahoteuse et parsemée de dénivellations. C'est doux et amer de l'avoir rencontré. Je redoute une malédiction : le reste du trajet, je suis aux aguets, scrute les alentours en espérant que nous ne croiserons pas d'orignaux qui pourraient causer un accident. Je serre la poignée dans les courbes. Je me demande par quoi je vais être frappée.

Les arbres se déploient dans une canicule qui me reste collée longtemps à la peau.

« Son visage, entre mes mains, entre mes cuisses. Voilà le paysage de ma vie nouvelle. »

C'est la rentrée des classes la plus gracieuse qui soit. Je flotte dans les couloirs. Je n'entends plus les récriminations de mes camarades. Je ne pense qu'aux prochains poèmes à écrire pour lui. On s'écrit des courriels dans lesquels nos vies prennent une lumière inédite, nous dessinons des projets entre les lignes.

Quelques semaines plus tard, à mon retour de l'école, ma mère m'attend à la maison. Je constate qu'elle a imprimé mes échanges avec Guillaume. Je réalise bêtement que je n'ai pas fermé mon ordinateur ce matin-là. Toutes nos conversations depuis le début de notre rencontre sont dans ses mains qui tremblent. Elle a appris que j'ai hâte de fuir ce « trou à rats », hâte de voir « ce qui se cache au bout de l'horizon », hâte de me libérer du marasme ambiant qu'elle alimente depuis le départ de mon père, hâte « de ne plus assister au théâtre de son amour faux ». Ce soir-là, ma mère me gronde.

— Comment oses-tu parler de moi comme ça alors que je t'ai toujours tout donné ce que tu voulais ? T'aurais pu tomber sur un maniaque. On sait pas, de nos jours. Je comprends pas pourquoi t'es capable d'une telle cruauté envers ta propre mère.

Je ne sais pas quoi dire de plus que des soupirs. Je me sens trahie que ma mère ait fouillé dans mon ordinateur. Chaque fois qu'on se croise dans un couloir, on s'engueule. C'est devenu invivable. On s'adresse à peine la parole.

— Tu peux consulter pour voir si c'est ben ça. Si t'aimes les gars. C'est peut-être juste une phase ?

Mes résultats scolaires commencent à chuter. On répète mon prénom de gars qui ne m'appartient pas. J'aimerais le réveiller, ce garçon que je ne suis pas. Lui taper sur l'épaule et lui dire de vivre sa vie. Mais j'ai aussi l'impression qu'il ne veut rien savoir de moi, ni de personne, d'ailleurs. Je suis à côté de moi et je suis impuissante.

J'écris des poèmes dans les marges de mes cahiers. Je sèche les cours. Je vais marcher près du chemin de fer et je me dis que j'aurai peut-être assez de courage pour sauter dans un train en marche comme dans les films. Je rêve de mes dix-huit ans, pour que ma mère n'ait plus d'emprise sur moi.

Je décide de tenter ma chance pour un cours de cinéma qui commencera dans la ville de Québec dans les prochaines semaines. Pour pouvoir m'y inscrire, je dois d'abord passer une audition. Guillaume me donne la réplique de l'autre côté de sa caméra. C'est l'occasion rêvée de foutre le camp. Je consacre tout mon temps libre à mémoriser mes lignes.

Quand j'arrive à l'audition, je me dis que c'est maintenant ou jamais. Il faut que je décroche ma place dans ce cours, sinon je vais pourrir dans ce village.

Devant moi se tient un homme barbu, imposant par sa stature d'armoire à glace, un célèbre comédien de renommée mondiale qui s'est transformé en enseignant. Malgré toute la pression, j'enfile mes répliques dans une salve naturelle. L'homme s'approche de moi. Je dois lever la tête pour le regarder.

— Mais où étais-tu, tout ce temps ?

Je ne saisis pas tout de suite.

— Tu es accepté à l'école.

Toutes ces heures passées devant mon miroir portent leurs fruits et j'en savoure le sucre. Avant que je quitte la pièce pour retourner à la maison, l'homme me parle de mon naturel désarmant. Je me dis que si l'audition a été un succès, c'est peut-être que bien malgré moi, j'ai appris à mentir toute ma vie.

Fini la campagne natale, les collines, les arbres qui chantent, Mathias et nos coups pendables, Thomas et la chambre secrète. Guillaume et moi on s'est trouvé un appartement à Québec. La maison, rétrécie dans mon champ de vision, devient un caillou qui rejoindra sous peu le fond de l'étang des souvenirs. Maman m'envoie la main dans le rétroviseur. J'ai une larme. Et deux. Et puis je craque. Guillaume me remonte le visage du bout des doigts et me regarde longuement. Je pense que je vais voir ma mère pleurer même si je suis déjà à presque un kilomètre de distance, ces choses-là se sentent. Ça me serre le cœur. Je ne comprends pas ma tristesse, moi qui ai tant voulu partir de ce village aux mille stigmates. Je ne comprends pas non plus ce déploiement féroce d'anxiété alors que Guillaume est à mes côtés et me dit qu'il m'aime. Alors que j'ai tout ce que j'ai.

En prenant bien soin d'élaguer nos racines dans ce bonheur à deux, on s'installe dans notre nid commun comme une saison. Le matin, nous allons jogger dans le parc juste derrière chez nous. Les arbres qui se balancent au vent nous accueillent à bras ouverts dans cet été qui s'illumine. L'après-midi, nous vidons des boîtes. Viens le moment où j'ouvre celle qui contient mes figurines en porcelaine datant de mon enfance. Elles ont gardé leur sourire malgré la noirceur. Je me rappelle ma mère cachant une figurine de danseuse de ballet dans son dos pour me faire une surprise. Sur la boîte subsiste l'écriture décolorée et cunéiforme de ma mère au vieux Sharpie.

Je me souviens également de son amour délavé, cunéiforme et indélébile.

Un mois plus tard, road trip à Montréal. Des amis de Guillaume nous invitent à faire la fête. Dans cette ville, il peut être lui-même, elle accueille en son sein tous les gens que le monde rejette.

Là-bas, c'est possible de se prendre par la main sans se soucier de ce que les autres peuvent penser et c'est un soulagement hors du commun. Ma poitrine pétille. Je suis effervescente en sa compagnie. Nous nous arrêtons quelques fois en bordure de l'autoroute. Nous prenons des photos. Notre bonheur existe partout, il est exponentiel. Dans la voiture, on écoute Queen, Smashing Pumpkins, Green Day, on se gave de bonbons que l'on achète dans les dépanneurs. Les paysages me rentrent dans les poumons ; je prends tout ce que la ville m'offre, ses parcs, ses champs, ses ruelles de fin de journée qui se dorent d'une caresse estivale. Je baisse la fenêtre, sors ma tête et crie mon bonheur. Le monde se déroule sous mes yeux, avec la promesse d'une vie plus paisible. Je suis libérée. Tout peut bien foutre le camp autour de moi, je suis au centre avec Guillaume, qui me prend une fesse en riant.

Montréal, ça fait loin pour vivre un amour au grand jour, mais les kilomètres s'endurent, se savourent. La ville se dilate sous mes yeux ébahis. Cette immense ville où ce qui pousse comme des fleurs, ce sont des buildings. Je caresse le rêve de me rendre sur le toit d'un immeuble, pour toucher le ciel. Peut-être que là-haut, mes espoirs de vivre heureuse auraient priorité.

Vient le moment de se rendre au bar. Je suis Guillaume de près pour ne pas le perdre dans la marée de monde. C'est la saison des festivals. C'est tout juste s'il n'y a pas un festival des festivals. Les rues sont bondées. C'est la première fois que je prends le métro. Un immense serpent géant avale les passagers. Je m'agrippe avec férocité sur le poteau de stainless. Je trouve que ma vie va aussi vite que lui. Je pense à grand-maman, qui me dit de profiter de ma jeunesse. Je regarde mon pendentif et je vois son sourire.

J'épie les gens et les gens m'épient. J'intrigue, parce que mon regard est inquiet. Je dois détonner du reste de la foule, habituée à ce rythme effréné. Un dédale de rues et de ruelles s'offre ensuite à nous et commence un slalom citadin. Situé dans le Village Gai, le bar nous accueille avec des néons rouges et violets dans la brise fraîche du soir. On projette sur les écrans vidéo des hommes en petite tenue ou habillés de cuir de la tête aux pieds. Guillaume commande deux verres au bar. Les gens s'empilent à mesure que la soirée avance et on n'a pas le choix de se frotter à plusieurs personnes si on veut se déplacer. Il y a une salle réservée aux hommes.

— Viens ! me dit Guillaume.

J'hésite, je ne me sens pas à l'aise. Ça crée une tension, qui disparaît vite lorsque *Living on my Own* de Queen commence à jouer sur la piste de danse. Nous dansons sur les paroles de la liberté d'être. On se serre fort. Il empoigne mes hanches, les fait rouler dans ses paumes, sa sueur coule dans sa camisole, les odeurs des gens se mélangent. Je provoque avec mes yeux félins, mon déhanchement, j'allume le feu, ce feu réchauffe ma prison enneigée. Aux toilettes, Guillaume me pousse contre un mur et m'embrasse avec véhémence, je découvre une rage enfouie depuis plusieurs années sûrement, mon corps ne sait pas comment accueillir autant d'amour en même temps. Je finis par suivre le courant.

On prend des pauses. Je laisse tomber ma tête sur son épaule. Je pense à tout ce que j'ai manqué avant de venir ici, à cette floraison guérisseuse que je ne m'étais jamais autorisée. Je comprends Michelle d'avoir ressenti tant de fébrilité pour ce genre de soirée.

C'est fascinant de voir des hommes s'embrasser sans pudeur, leur liberté adoube la mienne. Je me libère des chaînes que j'ai longtemps polies. Un homme embrasse son reflet dans un miroir, le summum de l'amour de sa personne. J'apprends qu'il y a une terrasse sur le toit. En haut d'un escalier éclairé par des néons verts et rouge volcan, Montréal s'offre, scintillante et effervescente, et ses enfants célèbrent leur existence. Plus que tout, les enfants n'ont pas honte de qui ils sont. C'est nouveau et pourtant, c'est naturel. Une brise adoucit nos ardeurs. Je suis là, au bout de la nuit, en haut de cet immeuble, je chatouille le ciel des rêves que je nourris.

Le cœur est à la fête jusqu'au moment où je passe devant un miroir. Je reste de longues minutes à scruter ce visage assailli de poils. Mais qui es-tu donc ? Pourquoi n'es-tu pas heureux ? Pourquoi te débats-tu sans cesse ? Ma liberté disparaît chaque fois que je me regarde au fond des yeux.

C'est l'heure de rentrer. La route s'estompe sous mes paupières cimentées. À Québec, au petit matin, les gens vaquent à leurs occupations et je me sens de trop dans ce chaos de responsabilités. Ce dont j'ai envie, c'est de m'échouer dans le lit. On s'engouffre tout habillés sous les couvertures avec un souvenir déjà précieux. Guillaume et moi, on vit notre amour derrière les rideaux, pour l'instant. Mais ce n'est qu'une question de temps avant que notre amour transperce les portes et les fenêtres. Après nous être gorgés d'autant de beauté, nous nous rendons compte que nous avons aussi le droit d'exister ensemble.

Quelques mois passent. Les choses évoluent. La dynamique change. Une routine s'installe sournoisement dans notre couple. Guillaume arrive souvent exténué du studio, moins réceptif à mes démonstrations amoureuses. Je le prends personnel.

— T'en fais pas, c'est juste une passe.

Je me sens coupable de penser qu'il ne m'aime plus. Je passe mon temps à regarder le frêne gigantesque près de ma fenêtre ; peut-être que lui, il a vu les pensées de Guillaume et pourrait me refiler un tuyau sur ce qui se trame ? J'écoute son chant, les oiseaux, c'est seulement ça qui me calme.

Les cours de cinéma commencent. On est un groupe de cinq élus pour la session d'automne. Le local est petit, ce qui nous impose une proximité qui me rend mal à l'aise. Je trouve ça épuisant d'être toujours filmée pour les exercices de jeu. Mon image me dérange. Ma bouche est celle de quelqu'un d'autre, elle ne bouge pas avec ma voix qui sort du tréfonds de l'adolescence. Un vertige. Une nausée.

Mais qui est ce garçon ?

Lors d'un exercice, je dois personnifier un homme qui bat sa femme et qui devient suicidaire par la suite. Je vis ma première crise d'angoisse publique. Un précipice se crée. L'air se raréfie. On me scrute. Sous les projecteurs. Sur une table, on dissèque mes sentiments. Je ne sais pas comment dire aux autres que ce garçon qu'ils voient s'apprête à mourir. La personne sur l'écran va mourir et emporter avec elle la personne que je suis et celle que je ne suis pas. Si seulement j'avais été sage. Peut-être qu'il aurait fallu que je retienne le raton laveur dans la cave pour lui demander la raison de sa visite. Avec ses griffes, il cache peut-être la vérité au creux de son pelage. Les ongles de la coiffeuse me passent près du toupet. La mâchoire des ciseaux se referme sur mon enfance. J'ai de la misère à respirer.

Michelle tournoie sur elle-même dans une pose de ballerine. J'ai envie de l'envoyer promener, je la déteste d'être aussi belle et radieuse. Je verse des larmes, à penser des choses comme ça. Ce n'est pas moi. Guillaume et moi dormons dos à dos. Quelque chose se trame. Les orages se préparent au creux du silence. Mon souffle est rare. Qui donc me l'a pris ? Un malaise serpente dans ma gorge et m'assèche la bouche. Je coule au fond d'un océan qui n'a pas de nom, que l'on n'a pas encore découvert en cette époque de révolutions à venir.

Je me rends au secrétariat en longeant les murs afin d'annuler mon cours sur-le-champ. Je ne pense qu'à ça : m'enfuir, m'effacer. Il n'est pas question d'assister à ma propre agonie une seconde de plus. Tout ce que j'entreprends me glisse entre les doigts. J'ai essayé d'aimer l'absence de mon père et j'ai échoué lamentablement. J'aurais aimé être simple d'esprit et ne pas me soucier de ce qu'on ne dit pas ou ne fait pas. J'aurais aimé que mes parents s'aiment avec la même ferveur que j'avais pour ma poupée. Ce poids sur mes épaules, augmenté maintenant de la culpabilité d'avoir déménagé pour rien. Je pose les mains sur mon cœur pour ne pas qu'il m'échappe.

Notre vie de couple souffre de mon manque de confiance. De plus en plus fatiguée et lourde, je sombre dans l'évitement. Il me faut trouver un soleil derrière les paupières closes.

Rien n'est concluant, j'écume tous les sites de recherche d'emplois, je passe de longues heures à faire des appels, à me brûler les yeux sur l'écran de mon ordinateur, à faire des exercices de respiration. Je prie, en m'adressant à je ne sais qui. Je ne crois plus en cet homme qui n'a pas surveillé le chaos qui prenait naissance sur sa terre, je prie les étoiles, je prie les cactus que j'achète chaque jour dans la boutique à côté de chez moi et que je mets sur le bord de mes fenêtres. Je prie pour être capable d'aimer toutes les choses épineuses de ma vie qui ont fait saigner mon envie d'être encore ici. Je prie pour leur chair résiliente, qui trimbale la force de rester debout malgré la sécheresse, malgré les vents contraires et les nuits boréales.

J'écume le Web à la recherche d'une bulle d'air dans la cénote de mon désespoir. Je tombe finalement sur une annonce qui demande quelqu'un pour travailler dans le domaine des cosmétiques. Je me dis : pourquoi pas ? Il n'est pas question que je retourne en classe pour subir encore des crises d'angoisse à répétition.

Guillaume planche sur un album aux accents de The Doors. Je reçois un appel une semaine plus tard. Ce soir-là, il me donne un concert de guitare privé et nous faisons l'amour ensuite.

Ma première journée de travail aux cosmétiques, j'arrive sur place fébrile, je bafouille quand on me pose des questions. Je vends des marques de prestige : Guerlain, Lancôme, Estée Lauder. Ma patronne a des ongles néon qui pianotent sur le comptoir.

— T'es vraiment un bon vendeur.

Je suis dans mon élément : la sublimation grâce aux artifices. J'aime être vêtue de noir. Qu'on ne voie pas de formes. Qu'on se demande : est-ce un gars ou une fille ? Moi aussi, je me le demande, de plus en plus. Je flotte dans ce néant d'entre-deux et je me plais à prendre forme sous leurs yeux, au gré de leur malaise.

Les formations pour le travail se déroulent dans des hôtels. Je suis le seul garçon dans la pléiade de cosméticiennes. Je ne dors jamais avant une formation, parce que j'angoisse à l'idée d'être l'intrus. Je connais des épisodes de petit matin comateux. Ma chambre sent la lavande pour m'assommer jusqu'au sommeil, mais rien n'y fait, je suis toujours atteinte par cet état vaseux découlant du manque de sommeil. La formatrice a une ruche en guise de cheveux, je sens son fixatif d'ici. Elle est enthousiaste, elle gesticule comme une entraîneuse de fitness. Je croise mon propre regard dans la vitrine et je constate que j'ai l'air plus vieille à cause du manque de sommeil. Nous prêchons les innovations cosmétiques, c'est notre nouvelle messe et notre pain quotidien, ce sont les produits que nous recevons en abondance dans des sacs remplis de papier de soie. Des produits que nous essaierons une fois ou deux avant qu'ils se retrouvent à la poubelle. Toutes les filles ont l'apparence soignée, il n'y a pas un cheveu qui dépasse des queues de cheval ou des chignons. On remarque très vite ma différence.

— Moi, je trouve ça cool qu'un gars fasse un métier de fille, les choses changent, dit une fille au fond, un crayon piqué dans le chignon.

Une autre trouve que je ne devrais pas être ici, parce que je suis un homme. Elle me regarde comme si elle voulait me tuer. Tout le monde me regarde et je voudrais disparaître sur-le-champ. Il y a une volière géante, dans cet hôtel, un semblant de forêt, j'essaie de m'accrocher aux branches de ses arbres captifs en me disant que dans une heure, je pourrai reprendre une bouffée d'air.

Quand je travaille, on m'appelle madame. Je m'achète de plus en plus de maquillage, que je garde dans un coffret en bois. J'adore souligner mes paupières de noir obsidienne et rendre mes cils comme de petits rayons de soleil autour de mes yeux bleus. J'applique du gloss sur mes lèvres, car les rouges à lèvres ne sont pas discrets. Ça me donne une bouche mouillée qui sourit plus que d'habitude. Sur mes paupières, j'essaie des beiges pâles pour éclaircir, un discret brun juste pour faire ressortir le bleu des yeux, et quand Guillaume n'est pas là, j'essaie des bleus turquoise, des jaunes poussin et des violets améthyste. Je suis une caverne sertie de pierres précieuses, je brille quand on me regarde.

Guillaume remarque un jour la présence du coffre sur ma commode.

— C'est juste des échantillons afin de pouvoir mieux conseiller les clients, car je les essaie.

— J'aimerais qu'en ma présence, tu ne portes pas de maquillage, s'il te plaît.

Je plais à Guillaume, mais je creuse mes plaies. Je m'efface, je me brouillonne, je deviens transparente, ennuagée.

Je commence à utiliser différents produits sur une base quotidienne, à son insu. Je me sers du fond de teint pour camoufler les irritations dues au rasage de mon visage chaque matin. Je rends mes pommettes plus saillantes en jouant avec les ombres et les lumières. Le maquillage, c'est ma façon d'avoir le contrôle.

Guillaume passe beaucoup de temps avec ses collègues après le travail. J'arrive chez moi dans mon uniforme. Il arrive à la maison, me fait une accolade, on prépare le souper. En vêtements masculins, j'ai l'impression de porter un costume. Je cherche la vigueur et l'entrain que j'avais avant, quand je coupais les légumes. Je m'épanouis au travail, mais mon éclat se ternit quand je rentre à la maison et je ne sais pas pourquoi.

— J'aime pas vraiment ça quand tu te mets du maquillage.

Je suis un peu surprise, puisque je comprends qu'il l'a remarqué depuis le début. Il s'impatiente souvent pour un rien. Il part souvent sans me dire où il va. Il ne revient que pour dormir et repart tôt le lendemain matin pour le travail. C'est une vague qui ne fait pas de bruit. Je comble son absence avec le souvenir de son rire.

Une collègue m'invite à fêter Halloween dans un bar. Alors que je magasine, mes yeux s'ouvrent grand tout à coup. Une panoplie de perruques attire mon attention. Je m'imagine avec chacune d'entre elles. J'essaie d'imaginer ce que ça ferait d'avoir les cheveux longs, cette caresse dans le dos que j'attends. Je demande au vendeur si je peux en essayer une. Devant le miroir, je suis subjuguée par ce visage encadré de longues nattes. Mes yeux se bordent de larmes. Je fais la connaissance avec la fille que j'aimerais être. Je m'empresse de régler la facture.

— Oh, c'est pour une amie.

Je repars avec la perruque dans mon sac comme une voleuse.

Guillaume va travailler tard, j'ai donc le loisir de me travestir comme bon me semble. Je ne me transforme pas, je me retrouve. Je sors mon coffre de cosmétiques, et au fil des coups de pinceau, m'adonne à ma résurrection.

Ma collègue et moi en tenue de soirée. Je ne porte pas de jupe, parce que je pense à Guillaume, qui ne tolère déjà pas le maquillage. Je tente d'éviter le plus possible de l'affliger par mon habillement. J'opte tout de même pour des pantalons skinny noirs qui épousent mes fesses galbées. Je porte une brassière discrète, une camisole à bretelles spaghettis noire qui dévoile mes frêles épaules de porcelaine et des talons hauts que j'ai dénichés à la friperie du coin, un peu usés, défraîchis, mais pas assez pour que l'on remarque ce détail dans l'obscurité du bar. Il y a des spectacles tous les soirs à cet endroit situé au cœur du centre-ville. C'est un milieu de semaine, mais il y a foule, c'est un bar populaire. Au milieu des sueurs festives, on se déhanche sur des succès pop des années 80 et 90. Je me défoule sur *Like a Prayer* de Madonna remixé au goût du jour. On chante à tue-tête. Je chante mon corps jusqu'au bout de mes ongles manucurés pour l'occasion. L'alcool entre en moi comme au moulin, je ne cherche pas à m'arrêter. Je veux que la fête soit éternelle, que l'on danse plus loin que le soleil. On s'est approchées d'un speaker. Les vibrations me traversent en me faisant bouillir de joie. Je lui donne des coups de hanche qui le fait bouger et ça nous fait rire.

Un homme arrive près de moi, passe une main le long de ma taille. Il repart avec un sourire en coin. La bouche du fauve est invitante, mais je pense à mon amoureux et je ne désire pas tout foutre en l'air.

— T'es vraiment jolie ! s'exclame ma collègue.

Je lui demande de ne rien raconter de tout ça au travail, parce que ça me gênerait qu'on sache ce que je vis. Elle m'offre un shot pour célébrer mon courage de m'habiller ainsi. Je me sens comme si c'était mon anniversaire.

Nous prenons une banquette et peu de temps après, des gens que nous ne connaissons pas viennent nous rejoindre. Ils sont éméchés par la nuit.

— T'es-tu une mannequin ? bafouille un gars à la barbe rousse entre deux gorgées.

L'écume de la bière se perd dans sa barbe, j'aimerais y enfoncer mes doigts, partir avec lui.

— Comment tu t'appelles ?

Je n'avais jamais pensé à un nom féminin. Pour me sortir de l'embarras, je feins de ne pas avoir compris en lançant une blague. Je me lève. Je scrute les filles dans la pièce. J'essaie de deviner leur nom. Aucun ne résonne en moi. Je m'engouffre dans la foule. Les planchers tanguent. Je suis sur un fleuve qui n'a pas de nom encore. J'ai le cœur au bord des lèvres. J'essaie tant bien que mal de me concentrer sur les conversations. Je pourrais m'appeler hanches, fesses, bouche, seins pour ce soir, c'est tout ce que je sais être, pour eux. Je ne suis pas encore entière. Je suis momentanée.

Un gars aux contours flous m'aborde.

— Si je t'offre un shot de Jack, me ferais-tu une pipe ?

J'éclate de rire, stupéfaite. Quand je constate qu'il est sérieux, je m'empresse d'aller rejoindre ma collègue. J'essaie d'attirer son attention, mais elle est perdue dans la bouche d'un inconnu. Je n'existe plus pour elle. J'ai de la difficulté à me mouvoir. Il faut toujours que je m'appuie sur quelque chose, une chaise, un comptoir, quelqu'un. Je suis comme un poisson dans les eaux glaciales. Je bouscule sans le vouloir quelques personnes. Une odeur de vomi persiste dans le vestiaire. On me tend mon manteau et mon sac à main, que j'attrape au vol. Je passe au travers d'un rideau de fumée, me précipite pour vomir sur le côté du bar. Je m'étends de tout mon long dans le stationnement. Je ne veux pas retourner à la maison. Guillaume ne doit pas me voir dans cet état. Si je rentre, ça veut dire qu'il faut que j'enlève tous mes bijoux, me démaquille, me déshabille pour porter une fois de plus cette peau qui ne me convient pas. Je veux rester le plus longtemps possible dans ces vêtements. Je veux rester dans cette insouciance que me procure l'ivresse. Je m'allonge à côté d'une voiture dans le murmure honteux des étoiles.

Je me relève. Des gens me disent qu'ils vont me reconduire chez moi. Je monte avec eux. J'empeste le fort et le houblon. Il y a une fille à côté de moi, en arrière, et côté passager, en avant, il y a un autre homme. Il me tend un joint de pot, que je refuse.

L'odeur subsiste même si toutes les fenêtres sont baissées. Le conducteur a une voix radiophonique qui pourrait m'endormir s'il parlait trop longtemps. La musique me défonce les tympans et les basses me font vibrer les os. On dirait que je suis encore dans le bar. Le chauffeur me dévore des yeux dans le rétroviseur. Je me demande pourquoi je ne me défais pas de son regard. Une chaleur entre mes cuisses se fait plus insistante. J'ai à la fois envie de fuir et de me perdre dans sa bouche. Je pense à Guillaume, qui dort à poings fermés. Je me ressaisis. Je ne vais rien faire de mal, seulement prendre un verre avec eux et puis partir. Après plusieurs virages, nous arrivons à son appartement, au troisième étage. Je ne sais pas dans quel quartier je suis, je n'ai pas fait attention à la route. Je me doute que nous sommes dans un endroit cossu de Québec, à voir les voitures de luxe garées dans la cour.

À l'intérieur, sur la cuisinière, un vieux spaghetti sèche dans une casserole, une odeur épicée me fait retrousser le nez. La télévision est encore allumée sur un jeu vidéo mis sur pause. Une fenêtre ouverte laisse passer la brise fraîche d'automne et retarde mon envie de vomir encore. Je vais poser mes coudes contre le bord et prends de longues inspirations. Les autres se délestent de leurs effets personnels à l'entrée et je retourne faire de même. Je me lance sur le canapé de tout mon poids, ne supportant plus ma lourdeur. Il est tellement moelleux que si je ne m'agrippe pas sur les bords, je pense qu'il va m'engloutir. Je me relève pour aller aux toilettes avant que les miroirs ne se cassent avec l'aube. Avant qu'ils ne me ramènent à ce garçon crasseux, abject et indigne. Je cherche du regard s'il n'y a pas autre chose à boire. Tout ce que je désire, c'est me diluer dans mes douleurs amoureuses. Je retourne au divan. Ce serait délicieux de me laisser aller à la dérive et d'oublier mes problèmes en m'engouffrant dans son silence. Je pense à Guillaume sur le plancher de la salle de bains, qui attend que je sorte de la douche pour me faire l'amour, à son regard de braise qui pourtant n'allume aucun incendie, mais les apaise. J'aimerais pouvoir en éprouver de la joie ; c'est une mort étrange que de revoir ce qu'on a aimé sans pouvoir le ressentir une dernière fois.

Mes paupières sont pesantes. Je ne sais pas quelle heure il est. Je sais seulement que je suis quelque part entre je suis heureuse et je suis malheureuse.

On m'offre du vin. Quelques minutes plus tard, je ne vois plus rien.

Un bruit sourd me réveille. C'est mon bras qui frappe le cadre de porte. Je suis dans les bras de quelqu'un. On m'emmène dans une chambre. On me lance sur le lit.

L'homme se penche sur moi, enlève mes souliers et les balance dans le coin. Il baisse la fermeture éclair de mon pantalon. Je ne peux pas bouger un seul doigt ni remuer les jambes. On a mis quelque chose dans mon verre, j'en suis plus que certaine. Je me considère chanceuse de ne pas avoir avalé une grande quantité du poison, je suis au moins consciente.

Il baisse mon pantalon et le lance lui aussi dans le coin de la chambre. Il m'enfourche, je ne sens pas son poids, seulement que je manque de souffle. Mon pénis est là. Je n'ai pas de vagin. Il fouille alors dans mon sac à main pour sortir ma carte d'assurance maladie.

— Comment ça ? C'est pas ton vrai nom, calice.

Je n'ai pas de larmes, qu'une terreur qui m'envahit, qui retient jusqu'à mon cri. Il me gifle sans arrêt. Du sang s'éjecte de ma bouche. Il me gifle encore. Mon visage se retourne. Je ne sens rien. Je n'entends que le bruit des claquements de ses paumes sur ma peau. Ses ongles me déchirent les cuisses. Il me retient les bras. Je ne ressens rien, du moins, à l'extérieur de mon corps. Il me crache au visage.

— Je vais m'amuser avec toi quand même.

Il me retourne.

Je commence à sentir les fourmillements dans mon visage.

Je vois un étang au crépuscule.
Des oiseaux s'envolent
après la détonation d'une carabine.

Un écho per siste dans
la forêt. C'est une voix, c'est
un cri.

La tête dans l'eau du bain
pour ne pas entendre mam an
et papa se disputer.

D'un trait, il arrache ma perruque, je sens cette fois mes cheveux tirer. Je me dégourdis, reviens à la vie ou me donne à la mort.

Sa salive coule
sur mon visage
comme de
la lave.

Je commence à pouvoir remuer mes membres. Il me retient contre le matelas. Je devrais penser à la mort sérieusement. Je pense plutôt à ma mère. À mon père. Au fait que ma mère me dit rarement je t'aime et au fait que je ne dis jamais je t'aime à mon père. Il me frappe encore. On dirait que ce sont mes parents qui me frappent.

Je ne peux faire autre chose que d'avoir le visage engouffré dans l'oreiller et de savoir qu'il prend plaisir à ma souffrance.

Je voudrais lui parler.

Lui dire que l'amour existe.

Matin frisquet. Je me relève, non sans peine. C'est l'automne sur mon corps, ne me restent que ma camisole et mes sous-vêtements. Je reprends conscience dans un parc. Un jogger passe près de moi et remarque ma faible présence à travers les bosquets.

— Ça va ?... Je peux t'aider ?

La gêne, la honte, je repousse son aide.

Je fais un premier pas, un grognement de douleur émerge. Ses yeux semblent lire en moi.

— J'ai des contacts dans la police, si jamais tu veux faire une plainte.

Il me tend la main et je me relève. Il sort de son sac une minuscule serviette, mais c'est suffisant pour cacher ma honte. Il a des lunettes de soleil bleu chrome, comme s'il me regardait avec le ciel. Il déplie pour moi sa serviette comme on place les draps pour un long sommeil dans un lit. Nous marchons jusque chez moi. J'ai l'impression d'avoir couru des dizaines de marathons. Quand je parle, mon visage tuméfié ravive la douleur.

— Il n'est pas question que je mêle la police à mon histoire.

Je ne savais pas qu'une phrase pouvait être laborieuse à dire. Je n'ai pas l'air de grand-chose. Un chien aboie. Les autobus vrombissent. Tout est normal ; la ville ne sait pas qu'on veut tuer ses enfants.

Des ecchymoses sur les bras, les cuisses, le visage enflé. Il est midi. Les regards curieux me dardent. Mon enflure s'envenime. Chaque voiture qui passe semble vouloir voler ce qui me reste de dignité. L'homme dont je ne sais pas le nom me laisse à la porte de mon appartement. La seule chose qui me rassure dans toute cette histoire, c'est qu'il y a encore des gens qui ont à cœur d'aider les autres.

Je me touche la poitrine, je cherche le pendentif de ma grand-mère. Soulagée, je le retrouve en quelques secondes dans mon dos, il avait seulement tourné. Je prends le quartz rose dans ma main. Je pense à grand-maman et je suis rassurée.

Je cogne à la porte. Guillaume ouvre dès le premier coup. Il attendait sur le qui-vive, je le vois à son expression de soulagement. Il a son téléphone dans ses mains. Guillaume fond en larmes. Je n'ai pas la force de pleurer. Je n'ai plus de force pour rien. Il m'attrape alors que j'allais m'affaler au sol. Il m'offre un verre d'eau. Je me transporte non sans peine jusqu'à la salle de bains. Je prends une douche, ou c'est plutôt la douche qui me prend dans mon épuisement.

— Va falloir aller à l'hôpital, lui dis-je.

Je gémis de douleur à chaque passage de la débarbouillette. Une fois essuyée et rhabillée, je rejoins

Guillaume qui m'attend pour m'aider à monter dans la voiture.

Je revois les mains de l'homme qui me retournent et me ramènent à mon propre vide. J'ai un haut-le-cœur. Guillaume conduit vite.

— Je savais que ça te causerait du tort de t'habiller de même. Tu te serais pas fait défaire la face si t'avais pas voulu attirer l'attention en t'habillant en fille.

Ce qu'il vient de dire me scie en deux.

— J'ai pas le temps pour la morale, amène-moi à l'hôpital, c'est tout.

— Je te le dis, que c'est pas bon pour toi, ça.

— Je me suis pas juste fait défaire la face, Guillaume, je crois qu'il m'a violée aussi…

J'ai haussé le ton, ça m'a fait mal, alors je me terre dans mes larmes. Guillaume reste muet le reste du trajet.

Le malaise est palpable à l'hôpital. Le personnel ne sait pas comment s'adresser à moi. Est-ce une madame, est-ce un monsieur ? Devant eux, ils ont une femme, mais sur la carte d'assurance maladie, c'est un homme, avec la mention M, du sexe masculin. Je n'ai pas la force de leur expliquer que j'exprime ma féminité à travers des vêtements.

Voici mes ecchymoses, voici mes plaies, on parlera de mon cœur et de ma tête une autre fois.

— Fuck, là, c'est qui, qui t'a fait ça ? Tu te souviens pas au moins de son adresse ou du quartier ? !

Voir Guillaume comme ça me trouble. J'ai beau chercher, je ne me souviens pas à quoi ressemblait l'homme, c'est comme s'il n'avait réellement pas de visage. C'est une aquarelle laissée dehors sous un jour de pluie.

On me demande si je veux faire une plainte à la police. Je ne vois pas comment ça pourrait être possible, vu que je n'ai aucun détail pour retrouver l'agresseur.

Une fois dans la salle d'examen, on me demande de me dévêtir. L'infirmière constate mon malaise. Je dis à la dame :

— J'ai toujours été mal à l'aise avec mon corps.

— C'est normal, après une agression.

Je cache mon sexe avec mes mains. Elle me fait tourner, examine mes ecchymoses.

— Tu te souviens pas au moins de sa voiture ? s'impatiente Guillaume, qui s'apprête à sortir.

— Tu peux rester, Guillaume, j'aimerais ça que tu restes, s'il te plaît.

Il reste sans voix devant ce corps transformé par la haine de l'autre. L'infirmière me prescrit des antidouleurs, et me demande de revenir dans quelques semaines passer des tests de dépistage d'infections transmissibles sexuellement, par précaution. Pendant que je me rhabille, l'infirmière commence à fouiller dans des documents, puis, à la fin de la rencontre, elle me remet un dépliant qui traite de la transidentité et me réfère à une psychologue pour pouvoir parler de mon agression. J'ai une révélation. Je montre le document à Guillaume, fébrile.

— Peut-être…, me lance-t-il en regardant le plancher.

Le lendemain, après m'être reposée, je consulte des forums de discussion. J'échange avec des femmes trans qui vivent en plein jour leur réalité et je pleure à les lire. C'était donc ça, depuis tout ce temps, ces malaises depuis l'enfance, cet inconfort, cette prison de chair qui n'en est finalement pas une. J'ai été une maison abandonnée et maintenant, je sens qu'elle peut être habitable.

Plus tard, nous allons à Montréal, Guillaume et moi, pour une consultation. La ville se découpe dans ma rétine alors que je pense : voilà l'île où se trouve mon salut. Je passe d'un désaccord total avec moi à l'euphorie d'enfin savoir ce qui me trouble.

— Est-ce qu'on peut marcher un peu avant d'y aller ? me demande Guillaume. C'est beaucoup pour moi, y'a un parc juste là.

Sous l'ombre d'un frêne, nous nous installons. Ses larmes coulent toutes seules. Je sens qu'il tente de cacher sa nervosité.

— Je vais toujours t'aimer. Peu importe c'est quoi que tu as.

Je me revois, toute jeune, devant ce raton laveur à qui j'ai annoncé que j'étais une fille. A-t-il conservé mon secret pendant toutes ces années, pour le jour où je serais prête ?

Le moment venu, j'entre dans le bureau, chargée d'angoisse. Je regarde Guillaume avant de fermer la porte et soudain, j'ai envie que tout ceci ne soit que le fruit de mon imagination.

Guillaume derrière une porte.

Devant une perte.

Le soleil entre à flots dans la pièce en ce début d'après-midi montréalais. On entend la clameur d'une rue mouvementée. Cyclistes, piétons, automobilistes, symphonie d'une ville qui ne s'arrête jamais. Des rires poussent sur les trottoirs. Un camion passe. Le soleil auréole le psychiatre : on dirait une apparition comme dans la Bible de ma jeunesse.

Je sens que peu importe ce qui va se dire dans le bureau, je suis prête à l'entendre. C'est une rencontre décisive qui aura une incidence majeure sur le reste de ma vie. Le psychiatre m'accueille avec le sourire jusqu'aux oreilles. Il est à des lieues de l'image que je me suis faite de lui au téléphone. Il est plus petit que moi, trapu avec des grosses mains velues d'ours. Il arbore une chemise bleue comme l'océan, comme le ciel, comme la liberté.

— Parle-moi de ton enfance, de comment tu te sentais plus jeune dans ton village, de ton rapport avec ton frère, ta mère, ton père, ton rapport avec ton corps.

Je lui parle de ce corps de plus en plus étranger depuis la puberté, que j'ai souvent envie de déserter parce que je ne sais pas comment l'habiter. Je lui raconte que je me surprends à parler de moi au féminin avec une grande aisance quand je parle à des gens qui me prennent telle que je me sens. Je déverse mes souvenirs pendant une heure. Le psychiatre fait danser son crayon sur plusieurs pages. Avec lui, je mets un nom sur l'ouragan qui traverse ma vie : dysphorie de genre, caractérisée par une inadéquation entre le sexe assigné à ma naissance et mon identité de genre. La dysphorie a teinté toute mon enfance et mon adolescence d'une tristesse jusqu'à aujourd'hui sans nom. Il me prend la main, me rend la vue.

Plus je parle de mes parents et plus je me rends compte qu'ils n'ont jamais été vraiment près de moi, et que ça fait une éternité que je n'ai pas eu de leurs nouvelles.

J'émerge du bureau, vidée de m'être racontée dans les détails ; j'émerge avec le poids d'un homme en moins sur le dos. Guillaume semble vouloir s'effondrer en apprenant la nouvelle.

Le retour à Québec se fait sur les caps de roues. J'entends parfois un sanglot étouffé. Un soupir. Quand je tente de lire en lui, il se referme, détourne le regard.

— Le proprio a appelé pour le nouveau bain. On va avoir enfin de quoi qui a de l'allure.

Je vois clair dans sa tentative de changer de sujet. Je me sens mal de célébrer ma bonne nouvelle. Il se met à pleurer à chaudes larmes. Il faut qu'il se gare en bordure de l'autoroute, parce qu'il perd sa concentration. Les larmes fusent. Certaines disparaissent dans son épaisse barbe comme pour retrouver une chaleur longtemps perdue. Comme j'aimerais que ces larmes-là ne portent pas mon nom.

Je partage sa tristesse. Elle me creuse de tremblements. Je l'embrasse sur la joue. Plus rien ne sera comme avant. Il perd l'homme qu'il aimait.

Quelques jours plus tard, je quitte mon travail. Je ne suis plus apte à me concentrer sur mes tâches, affectée par l'agression, cette révélation, et le début de la fin de notre histoire. Tout ça, c'est trop.

Je ne réussis toujours pas à me sortir de ma torpeur. Depuis l'agression, j'ai de la misère à me rendre au dépanneur. Je parle de mon ressenti à propos des rencontres avec ma psy.

« L'immobilité m'assaille depuis plusieurs jours. Ma psy m'écrit personnellement pour que je vienne aux rencontres. Je n'ai pas envie de rencontrer mon agresseur chaque fois que je la vois. »

Ma santé dentaire se détériore rapidement. On me dit que le stress change l'acidité de ma bouche et que c'est la cause de mes caries. Je me mets à penser que mon corps a décidé de se digérer lui-même, afin que je disparaisse une fois pour toutes et que j'arrête d'être source d'inconfort pour les autres. Je me réveille en sueur le matin. Je dois aller chez le dentiste. C'est la saison des grandes crues. La douleur est vive dans la mâchoire. Ce n'est plus possible de repousser le rendez-vous.

Le bureau du dentiste est au rez-de-chaussée d'une tour à bureaux. De grandes fenêtres pleine hauteur donnent sur le boulevard. À l'intérieur, tout est très blanc et lumineux, aveuglant. Derrière un comptoir criblé d'annonces de rabais et de forfaits ainsi que des procédures de toutes sortes se trouve une secrétaire aux allures austères. Le rictus vers le bas, les lunettes sur le bout de son nez, elle est absorbée dans ses dossiers, le téléphone coincé entre son épaule et sa joue. J'ai une poussée d'adrénaline. Une fois qu'elle raccroche, j'avance, le cœur au bord des lèvres. Ma douleur me rappelle qu'il faut que je lui parle.

Je ne peux pas me faire à l'idée que je vais passer au moins une heure sur une chaise, immobile, à la merci du regard de quelqu'un qui va voir mon visage d'aussi près. Ça m'attriste de savoir qu'on va remarquer les irritations et les picots de barbe rasée alors que je porte une robe fleurie. Le moment venu, je me dirige vers la salle du dentiste. Lumière froide, incisive d'une morgue. Mes mains sont moites. Mon toupet est collé à mon front. Une dame me jette des regards et je fais semblant de ne pas la voir. Qu'est-ce qu'elle me veut ?

Je voudrais crier. Détaler le plus loin possible. C'est difficile de supporter l'idée d'être à la merci des regards inquisiteurs. Je veux être lisse et intacte, montrer que je ne suis pas hirsute de cette masculinité que je réprime avec hargne. Je me sens sale sous les couches de fond de teint que j'ai appliqué spécialement pour cette journée où on s'approche si près de ma figure. Sale pouilleuse. Je me réjouis cependant de ne pas avoir à montrer de pièce d'identité pour avoir des services dentaires. Personne ne peut donc se douter que je traîne un jeune homme mort dans mon portefeuille.

Allongée sur la chaise, les mains posées sur le ventre, en prière. Je serre les orteils quand le dentiste s'approche de moi. Il me parle d'une voix chaleureuse et a un regard bienveillant. Pourvu qu'il ne me voie pas, qu'il ne remarque pas la protubérance masculine sous ma robe. Je suis allongée et je ne connais pas encore les techniques pour bien camoufler mon sexe.

Contre toute attente, il n'est nullement question d'ambiguïté. Les gens ne sont pas tous comme je le crains. Certains sont bien intentionnés, comme ce dentiste. Ça mouille mes yeux de le comprendre. Je règle ma facture plus confiante qu'à mon arrivée. Je ressors de chez le dentiste avec le sentiment que quelque chose en moi a éclos. Je me suis délestée d'un autre poids. Je suis remplie d'une espérance nouvelle. Je me mets à sourire pour personne.

Les arbres sont en pleine floraison, les restaurants sont pleins à craquer. Cette vie citadine me plaît, me nourrit. Je m'en retourne chez moi. Sur le trottoir, les pas de la victoire ont le son de mes talons hauts que j'assume en plein jour.

J'ai hâte de raconter mon périple chez le dentiste à Guillaume, qu'il voie que je suis capable de petites grandes réussites malgré ma réalité. Je fais le trajet à pied, parce que je ne suis pas encore à l'aise d'entrer dans le bus et d'être à la merci de plusieurs dizaines de regards à la fois. De toute façon, il fait soleil, et bientôt, il fera aussi soleil en dedans.

Alors que je passe près d'un chantier de construction, cinq hommes sur un échafaud me sifflent comme des bouilloires prêtes à renverser leur eau chaude. Bien qu'au départ apeurée par leur réaction, je décide de reprendre mon souffle et de considérer cette attention comme une bénédiction. Or plus les hommes me remarquent, moins Guillaume me voit.

Nous sommes dans des sables mouvants. Bien que j'espère le rendre fier avec mes victoires, c'est tout l'inverse qui se produit. Il prend une distance inédite, coupe court à mes conversations, me répond par monosyllabes, oui, non ou peut-être. Les phrases disparaissent. Les soupirs prennent la place. Je lui demande toutes sortes de choses, dont :

Est-ce que je suis belle ?
Me trouves-tu belle aujourd'hui ?
Condonc, pourquoi tu ne me réponds pas ?

On ne fait plus l'amour, on le défait.

Guillaume a toujours ses soirées occupées. Le travail avec la psychologue commence à se faire sentir. Je n'associe plus les hommes à des agresseurs.

« J'affronte la nuit. J'ai beau me souvenir du parfum qu'il portait quand c'est arrivé, ce n'est pas vrai qu'il va me dérober la possibilité de me créer d'autres souvenirs. Je ne le laisserai pas m'enfermer plus que je ne le suis déjà. »

Au lieu de m'apitoyer sur mon sort, je décide de sortir dans les bars gais, où je peux exprimer ma féminité sans être dévisagée. Là-bas, je sais que je ne suis pas approchée par des hommes qui n'en ont que pour mes fesses. C'est à ce moment que je fais la rencontre de Steph. Il danse avec acharnement sur une caisse de son avec un petit haut ajusté dévoilant son ventre aux abdominaux pour qui tout le monde tomberait. Je reçois des gouttes de sueur sur le front.

Le côté droit de son crâne, rasé, est tatoué d'un serpent dévorant un nuage. Il applique du gloss sur ses lèvres pulpeuses qui sont prêtes à embrasser le monde avant de m'expliquer qu'il travaille ici. Son pantalon blanc moulant ne laisse aucune place à l'imagination. Il se déhanche sur Britney Spears, les Pussycat Dolls, il est souverain de la nuit. Tout le monde le connaît ou lui paie des verres, tout le monde a envie d'être avec lui. Il s'approche de moi.

— You are looking for your daddy, my sweet fille ? me lance-t-il avant de me payer un verre d'abricot brandy.

C'est comme ça qu'il arrive dans ma vie pour m'aider à relever la tête malgré la tristesse à l'appartement avec Guillaume.

Steph est drag queen. Il est une des personnalités récurrentes sur le stage. Très vite, on commence à sortir ensemble le soir. La plupart du temps, il porte des bottes blanches lacées jusqu'au-dessus des genoux. Il a autant de piercings que le nombre de fois où j'ai pleuré dans ma vie. Dans le bas de son dos, il a des ailes d'ange tatouées qui ceinturent le mot « Daddy » en italique. Sa rencontre m'émerveille. Il se déhanche parfois sur le plancher de danse dans des robes moulantes et je le baptise « mon anguille » à cause de sa souplesse et de sa grâce.

En une semaine, nous faisons plus ample connaissance. Il est né en Ontario, sur le bord d'un lac où il avait prévu de se noyer à ses dix-huit ans. Cette envie de planifier sa mort, nous la partagions sans le savoir. Il vit seul dans un appartement rempli de plantes, au troisième étage de sa dépression, avec deux chats : Henri et Philibert. Henri vient souvent se mettre en petite boule sur mes cuisses pendant que j'écoute Steph me raconter ses histoires. Steph est sur la peanut le soir pour être en forme quand il rencontrera son daddy.

Durant la journée, c'est Steph naturel, sans fard, avec une ombre bleue qui annonce une barbe forte dans quelques jours. La lumière, alors qu'il est assis sur sa chaise, entre dans ses yeux, et je constate qu'ils sont couleur miel. Le miel que j'ai aimé dès que je l'ai goûté. Pendant que nous discutons, il arrive que je passe mes doigts dans les feuilles des plantes de son appartement pour me rappeler ce que j'ai abandonné.

Quand il prépare le repas, il a cette manie d'astiquer ses ustensiles, un trouble obsessionnel compulsif qu'il chérit, né d'une expérience extraordinaire en tant que serveur à Banff, où il a fait la connaissance d'un homme précieux dans sa vie. Après avoir terminé d'astiquer ses ustensiles et mis les couverts, il cuisine des pains dorés moelleux et réconfortants.

Nous terminons le lunch d'après-midi avec un joint sur son balcon qui nous offre le quartier sous le soleil paisible. J'essaie de ne pas trop penser à mon retour chez moi, je ne sais jamais dans quel état je vais retrouver Guillaume, dans quel état nous nous retrouverons tous les deux.

« Plus je parle avec Steph, plus je me rends compte que je ne sais pas grand-chose du passé de Guillaume et plus je me demande si on est ensemble pour les

bonnes raisons, ou si ce n'est pas plutôt que nous ne voulons pas redevenir des solitudes… »

Steph me propose de sortir en boîte. Il est dix-sept heures. Si je commence à boire maintenant, ça me laissera assez de temps avant que la nuit fleurisse pour me trouver belle.

Quelques heures plus tard, j'aurai cependant les yeux rougis de veines éclatées par l'alcool. On me dira que je ressemble à tout le monde, mais pas à moi. On me dira qu'on m'a croisée dans un centre de photocopies et je repenserai à cette fille qui ne sait pas qu'un gars a le béguin pour elle. J'aime l'idée que c'est de moi qu'on parle, que je peux être sublime à côté d'une photocopieuse au point où l'on m'en parle quelques jours plus tard. Je voudrais cependant du plus profond de mon être vivre ma beauté sans l'emprunter aux autres, vivre ma vérité sans en avoir honte. J'ai toujours en mémoire l'agression subie, mais le travail avec la psy m'aide à passer au travers.

« Ce il : cette île qu'il me faut déserter. Ma psy dit qu'il faut que j'arrête de me flageller pour cette agression et que j'arrête de me culpabiliser. Ça m'arrive de me repasser cet épisode et de m'imaginer agir autrement. D'être sur lui et de lui défoncer le visage de coups de poing. Lui dire : tu n'auras pas à essayer de te rappeler mon nom. »

J'ai envie de brûler mes livres de croissance personnelle. J'ai beau me rappeler chaque matin qu'aujourd'hui est une nouvelle journée, sans haine et sans honte, je n'y crois pas vraiment, puisque à la fin de cette journée nouvelle, les choses se répètent : *tu brises ton couple, tu devrais avoir honte.* Quand ces pensées arrivent, je me frappe le visage. Une fois, deux fois, trois fois, de plus en plus fort, en disant que je me déteste. J'arrête quand la gifle me fait pleurer. Comme quand on secoue un pommier pour en faire tomber ses pommes.

Je sors de la salle de bains. Steph n'a rien entendu, avec la musique dans le tapis. Il ne connaît pas ma violence, alors il me complimente sur mon fard à joues. Il me demande où j'ai pu me procurer cette belle couleur. J'ai envie de lui dire que j'ai ce fard à joues depuis que je suis née.

— Bon, on sort ou pas ?

Je pense. Oui, nous sortirons, Steph, j'aurai assez de temps pour penser à la saleté que je suis, mais c'est avec douceur que je me rappellerai les souffles qui creusent le cou, la caresse dorsale qui fait frissonner, la lumière des lampadaires comme des larmes de soleil indiquant le chemin pour rentrer à la maison. En arrivant au bar, je sortirai du taxi comme on se met au monde dans l'espérance d'un printemps définitif. Je me rappellerai que j'ai envie qu'on me fasse l'amour sans avoir à supplier, je demanderai à Guillaume de continuer d'aimer ce nouvel univers qu'il découvre, sans me sentir coupable de demander. Je lui demanderai comment on fait pour traverser un champ de cactus tout en pouvant vivre sereinement le jour et accueillir la nuit. Je ne demanderai plus à tout le monde si je suis belle, je saurai que je le suis.

— Hé, ça va ? T'avais l'air partie à des kilomètres d'icitte.

Steph me ramène sur terre, je sors Henri de son sommeil et le dépose sur le parquet. Il s'étire avant de se remettre en boule. J'envie son aisance d'exister. Je la trouve touchante.

Steph m'apprend à élaguer mes racines dans le moment. Je ne sais pas quand je sortirai de ce bois épais de luttes incommensurables, mais tant qu'à être dans cette dense incertitude, j'apprends le nom de tous les arbres et de toutes les fleurs qui se dressent sur ma route ; je n'aurai rien à craindre, puisque j'aurai fait leur connaissance, j'aurai appris qu'ils m'offrent leur beauté gratuite et leur ombre rafraîchissante.

Le soir venu, nous allons au bar de Steph. J'ai envie de boire pour ne pas assister au spectacle de la disparition de mon amour. On dirait que je suis à la recherche d'événements à vivre pour me convaincre que je tiens encore à ce monde où les choses arrivent.

On me paie des verres. Chaque shooter me rapproche de l'origine de ma plaie et m'éloigne de Guillaume. Je suis tiraillée. Peu importe ce que je fais, je ne peux rien contre la catastrophe inévitable.

Je m'arrête devant la glace et ne reconnais pas cette femme au visage défiguré par la tristesse. On dirait que c'est seulement quand je suis saoule que je peux accéder à celle que j'ai enfouie. Je retire l'identité, le genre, la sexualité, je m'épluche jusqu'à l'aube. Je perçois une tache noire. Si je creuse dans le sable, il y a le cri d'un enfant ; je creuse encore et il y a un bébé naissant déjà vieux au cri rauque à glacer le sang. Je le regarde sans savoir si c'est moi ou le mien, ou tout simplement mon couple.

Steph me suggère d'arrêter de boire pour le reste de la soirée et m'apporte un verre d'eau. La tempête n'est pas dans celui-ci, mais plutôt partout en moi, et ça m'en prendra plus qu'un pour éteindre l'incendie.

J'aime l'idée de me dissoudre dans l'alcool plus vite qu'un glaçon. Je n'aime cependant pas le fait que le barman me refuse un autre verre. Le chauffeur de taxi me dit que je suis belle comme une princesse, « j'espère qu'on te kidnappera, ce soir ». Je suis tellement déroutée que je reste pantoise et l'homme continue de me regarder avec insistance dans le rétroviseur.

— T'es-tu une vraie femme ou une trans ? me demande un autre homme dans la ruelle.

Confus, il veut savoir pourquoi j'ai une voix féminine, mais une pomme d'Adam.

— T'as encore ton outil, au moins ? Ce serait le fun.

Steph arrive et me sort de ses griffes.

On se dirige vers un autre bar gai. Avec Steph, je me sens à l'abri des catcalls, du harcèlement. Nous dansons au milieu des sueurs masculines. Je me sens dans un autre mood qu'au premier bar, plus rassurée, sereine. On rit. Je me rapproche de ce deuxième frère qu'est Steph.

Eurythmics joue, des hommes s'embrassent sans tabou, s'aiment, rient dans un élan de poésie inspirant. Je me dis que si je mourais ce soir, ce serait dans le bonheur d'être qui je suis avec les gens qui me ressemblent. *Here Comes the Rain Again.* Nous dansons sous la pluie, le temps que l'orage passe. « Talk to me », Guillaume, « like lovers do ».

De retour à son appartement, Steph me propose des frites. Il titube jusqu'à la cuisine et sort le restant de notre dîner. Je titube moi aussi, dans ce bonheur de soirée somme toute réconfortante. Je percute les meubles, je pense à mes hanches qui s'élargissent depuis que je prends des hormones, rien de bien flagrant, mais ça me plaît de penser que la nuit, elles prennent de l'expansion pour qu'un utérus se développe dans mon ventre. On termine le vin laissé sur la table. Steph retire sa chemise trempée de sueur. Il est affalé sur le sol, à se tortiller comme une anguille. Je m'installe à ses côtés. Nous regardons le plafond s'effondrer. Mes lèvres s'écaillent comme un immeuble qu'on n'entretient plus. Steph me prend la main, me regarde dans le fond des yeux.

— Plonge pas trop loin en moi, tu risques de te fracasser les jambes.

Nous éclatons de rire. Des larmes bordent mon sourire.

Le matin est en flammes, j'ai envie de vivre plus loin que l'aube.

— Si tu ne fais rien, tu sais que la vie va s'en charger ?

Je soupire.

Les larmes roulent jusque dans mes oreilles. Je me retourne. Nous sommes en cuillère, nous respirons comme un bateau qui mange les vagues. Une bouchée à la fois. Il n'est pas possible de couper avec une épée la vague qui s'en vient. Mieux vaut apprendre à nager dedans. À suivre le courant, pour ne pas être brisée en mille morceaux.

Je sens le souffle de Steph près de moi, on dirait qu'il tente de me réchauffer comme l'âne ou le bœuf dans la crèche. Je viens de naître et j'ai besoin de douceur, j'ai besoin de chaleur, mon cri perce la nuit et fera trembler le soleil, il lui dira : hé, tu as oublié d'éclairer par ici. Et ma vie reprendra ses racines dans la terre fertile de l'amour.

On écoute Antony and the Johnsons, *I Fell in Love With a Dead Boy*. Le vinyle poursuit ses complaintes et nous trouvons refuge dans ces mots, dans ce qui meurt, dans ce qui naît. Je repense à Guillaume, que je déçois depuis que je ne suis plus l'homme dont il était tombé amoureux. Un mal de cœur me pousse jusqu'aux toilettes. Après la vomissure, je crie. Je me rends compte que je ne suis pas celle que l'on attendait et que toute ma vie, je porterai ce fardeau d'être une surprise, une déception.

— Steph ! Je ne pourrai jamais porter d'enfant en moi.

— C'est tellement pas grave, fille, on a déjà assez de se porter soi-même, belle enfant…

Dans un appartement du quartier Saint-Sauveur, un matin ouvre ses paupières, se prélasse encore un peu dans sa nuit de soie. Deux individus au cœur gros comme plusieurs villes se tiennent la main, l'un tient les cheveux de l'autre pour que le vomi se répande sans trop de bavures pendant que l'autre se vide de tout le mal qu'elle se fait.

« Après la grosse soirée avec Steph, je suis allée sur son balcon alors qu'il dormait en étoile sur le plancher. Je me suis adossée contre la rambarde. Le contact frisquet du métal avec mon dos me tenait éveillée. Ses bégonias étaient suspendus dans une étreinte sanguine, ils se balançaient dans un geste de suicide latent, frôlaient mes cheveux avec le vent, ils me récitaient des psaumes. »

« c'est l'été
il faut vivre maintenant »

Une semaine plus tard, encore avec Steph, avec qui je passe maintenant plus de temps qu'avec Guillaume.

— Hé, on cherche des nouvelles drag queens. Ça te tenterait-tu ? Me semble que je te vois faire ça. Tu serais bonne.

Steph me tend un abricot brandy, notre boisson rituelle. Ça résonne fort en moi, comme si j'apprenais finalement que le père Noël existe pour vrai. Il sent que je ne suis pas vraiment avec lui.

— Un jour ou l'autre, il va falloir te résoudre au sacrifice de Guillaume, si tu veux vraiment être heureuse… je te dis ça en tant qu'ami, girl.

J'enterre sa voix sous la musique techno, sous les tonnes de shots que j'empile. Il n'est pas question de gâcher la soirée avec des scénarios apocalyptiques. Si je ne vois plus venir l'Apocalypse, c'est peut-être parce que je suis en plein dedans.

On devient rapidement les reines du plancher de danse, on arrive dès la première heure pour réchauffer la salle. Le théâtre de nos gestes fascine les gens qui s'agglutinent non pour danser, mais pour nous encourager à continuer. J'ai soudain ma réponse à la proposition de Steph : oui, je dois faire du spectacle. Les néons aux couleurs criardes nous parlent de vivre notre vie intensément, sous leur chaleur, nous grimaçons de plaisir.

Les gens arrivent par à-coups et on donne nos corps enflammés en démonstration. Je me sens bouillir de joie. Il s'approche de moi. M'enlace. Aucune ambiguïté entre nous. Un frère et une sœur sous les lasers du bar, dans la fumée, dans la survivance. La serveuse nous paie des shooters parce que nous faisons le spectacle. Steph lui annonce que je suis intéressée à le faire de façon professionnelle.

— À voir comment tu danses, j'ai même pas besoin de te faire passer une audition. Je te propose un soir par semaine pour commencer, après on verra.

Je ne comprends pas ce qui vient de se passer. Ça pourrait me faire une source de revenus en attendant de me trouver un emploi de jour, ça pourrait aussi être une façon de continuer l'acting malgré l'échec des cours.

— Tellement content pour toi, ma belle ! Je peux même être ton backup dancer, si tu as besoin !

On se réunit dans les parcs ou chez lui les après-midi de semaine pour préparer le spectacle du samedi. J'ai trois chansons à faire. J'en fais toujours une de Madonna, ça me rappelle mes balades en voiture avec mon père. Steph me présente aussi deux de ses amis danseurs qui ont démontré de l'intérêt pour participer à mes spectacles. Ils sont musclés, mais gardent leur fluidité. Je pense : voilà des anguilles en talons aiguilles. On rigole. Ils sont comme mes enfants, comme des frères, comme l'amour, le véritable. Les répétitions vont bon train. J'aime ce bonheur que je trouve au détour d'un bar. Steph prend mes mesures, il manie la machine à coudre comme le samouraï un sabre. Il fabrique des costumes pour moi. On fait des essayages jusqu'au petit matin, le sable de la fatigue, un verre de trop dans le gosier. Il s'inspire de la commedia dell'arte. Le costume qu'il vient de me faire me plaît ; carreaux noirs et blancs, ajusté, avec une crinoline ; et ce masque de Pierrot la lune ; ou celui-là, étincelant avec des centaines de pierres-bijoux qu'il a cousues une à une pendant une semaine, vert émeraude, collet monté et ouvertures sur les côtés pour que je puisse respirer et bouger à mon aise. J'ai une affection particulière pour les gros bracelets en Swarovski qui font l'effet de boules disco lorsque je les agite dans les lumières du bar.

Mon cercle d'amis queers prend de l'expansion. J'ai choisi une nouvelle famille. Elle est composée d'artistes nourrissant des rêves excentriques. Nous voulons partir en tournée et faire le tour du Québec. La lumière des projecteurs nous est réconfortante.

J'aime prendre vie devant les miroirs des loges. Ça bourdonne comme dans une ruche. Steph installe mes costumes sur un rack à linge à roulettes. On étouffe de rire dans les nuages de talc. Je me maquille. J'essaie de créer l'image que j'ai de moi dans ma tête. Je superpose mon rêve sur ma réalité. Je suis une alchimiste. Je reprends mon pouvoir.

Guillaume arrive du travail, chargé de frustration et de colère. Un cri dans ses yeux. L'homme qu'il aime meurt. C'est désemparant, mais j'ai des oiseaux dans le ventre juste à penser que je vais pouvoir vivre sur scène. Cette scène qui me redonne le goût de me lever le matin.

— Tu mets toujours l'appart à l'envers avec tes affaires.

C'est vrai que je pourrais faire un effort. J'ai tendance à m'éparpiller dans la joie des feux d'artifice. Je ramasse poudres, pinceaux, éponges, bijoux.

— C'est tout le temps le bordel depuis que tu as commencé tes spectacles…

— C'est pourtant dans ce bordel que ma vie prend son sens.

Silence pesant. L'appartement semble vouloir imploser.

Je joue le tout pour le tout.

— Aimerais-tu venir me voir en spectacle, une fois ?

Sa mâchoire se crispe. Je comprends.

Je n'insisterai pas.

Entre ses lèvres pincées se glisse un « je t'aime » sur un fil de fer.

Steph, les danseurs et moi, autour d'une table, à vider une bouteille de vin avant le spectacle. J'ai préparé des nouilles. On ne mange jamais beaucoup avant le show. Nous nous rendons au bar dans sa voiture. La ville défile sous mes yeux et on dirait qu'elle me rentre dedans. Je deviens la ville, avec toute son effervescence, ses risques, ses folies, ses rêves.

Une fois que nous sommes prêts, perruques mises, talons hauts enfilés, jarretelles, une fois ornementés de nos breloques, Steph m'apporte mon téléphone que j'avais laissé sur le comptoir près de la cuisinière. Un texto de Guillaume :

Je n'en peux plus. C'est tes paillettes ou c'est moi. Ce soir, si tu fais ton spectacle, c'est fini.

Mon visage devient blanc.

— C'est qui, darling ? me demande Steph.

Je ne lui dis rien pour ne pas briser l'atmosphère festive qui règne depuis le début du souper. J'essaie d'aligner mes pas, d'aller droit devant moi, mais si j'avance, c'est pour aller vers ma chute.

Des loges, on entend les exclamations d'une foule en délire. Ce sera bientôt notre tour. Je termine de remonter la fermeture éclair de mon one piece en lycra. Steph est déjà près de la sortie des coulisses. J'ai le regard vide.

— *Qué pasa É* ?

Comme j'ai pris l'habitude depuis ma jeunesse de ne pas dire ce qui ne va pas, je me contente de façonner un sourire. J'ai envie de tout lâcher. Inventer un mal de cœur et me dérober comme lorsque c'était le temps du cours d'éducation physique.

On annonce le nom de notre groupe. Je prends la main de Steph.

— Tiens-moi fort, j'vais en avoir besoin.

Steph ne comprend pas trop, mais il me serre fort. Nous sommes derrière le rideau. Pour avoir grandi avec les parents que j'ai, je me dis que ce n'est pas de l'amour si c'est une menace.

Le rideau se lève.

La musique démarre, une clameur inusitée et exaltante nous renverse de bonheur.

Les gens ne le savent pas, mais ils applaudissent une femme qui se tient debout.

« Guillaume n'a pas digéré le fait que j'aie décidé de monter sur scène malgré sa menace. Il ne m'adresse plus la parole. Son humeur me fatigue. À peine le soleil se lève-t-il que déjà je suis exténuée par la journée. Une anxiété se pointe et devient de plus en plus incapacitante. Je cherche mon air plusieurs fois par jour. »

L'hormonothérapie affecte beaucoup mon énergie. J'ai de la difficulté à m'acclimater, j'endure nausée par-dessus nausée par-dessus vertiges. C'est quand même peu, comparé à toute la souffrance de ne pas être moi.

Malgré la fatigue cimentée dans chacun de mes membres, je parviens à me rendre jusqu'au CLSC de mon quartier. Il est tôt. Les commerces commencent à s'activer. C'est le moment que je préfère dans une journée : l'état sauvage de la nuit qui laisse place au jour. Le quartier est alors pour quelques instants une étendue d'eau lisse.

J'entre dans le CLSC sans enlever mes lunettes de soleil. Il n'est pas question que quelqu'un décèle ne serait-ce qu'un seul signe de nervosité dans mon regard qui se jette partout. Je sors de mon sac les papiers pour les prises de sang. Mon endocrinologue m'a demandé d'aller passer des tests afin de vérifier si mon corps assimile bien les hormones. La dame à la réception ne semble se formaliser de rien. Je lui remets ma carte d'assurance maladie.

— Le nom qui est écrit sur la carte, c'est pas le bon, lui dis-je.

Et je lui explique ma situation. Je tremble de peur que l'on pense que je suis un excentrique. Ça fait des ronds de sueur aux aisselles. Je change de jambe d'appui aux deux secondes. J'ai le souffle court. Comment bien doser la voix ? Il me la faut assez forte pour passer au travers du grillage dans la fenêtre, mais assez basse pour que les gens dans la salle d'attente ne m'entendent pas.

J'enlève mes lunettes. Un homme me dévisage au-dessus de sa revue. Je me demande si c'est parce qu'il me trouve belle ou étrange. Je prends de grandes inspirations et j'expire par les narines pour me calmer.

Il me semble que la beauté de l'humanité se révèle ce matin-là : une tête qui repose sur une épaule, un enfant qui déambule dans sa jeunesse émerveillée malgré sa fièvre, cette dame qui regarde son amoureux comme si elle venait de le rencontrer.

Ce que je redoute le plus arrive : mon nom masculin grésille dans l'interphone. Je n'ose pas me lever. J'espère qu'on se dira que ce garçon ne s'est juste pas présenté à son rendez-vous et qu'on va appeler quelqu'un d'autre. Mais puisque j'ai besoin de ces prises de sang pour mon endocrinologue, je n'ai pas le choix d'être ici. L'homme de tout à l'heure me regarde d'un œil interrogatif. Je suis debout, tétanisée par la honte.

Une fois que je suis seule avec l'infirmière, elle procède aux prélèvements. Elle ne semble pas établir de lien entre mon nom masculin et la personne qui est à ses côtés. Elle pense que je suis enceinte et que c'est un examen de routine. J'ai un petit sourire pour moi-même.

Oui, c'est ça, je suis enceinte de moi.

C'est une journée très grise. Au son de la pluie qui tambourine sur la tôle des voitures, le décompte de ce que je dois racheter. Une collection de CD que j'ai brisée sous les yeux de Steph en fin de party. La guitare de Guillaume que j'ai démolie sous le coup de la colère. Un aquarium, parce que la vitre est fissurée comme notre couple.

Toute la violence notée dans un cahier qu'on range au fond d'un tiroir, comme on voudrait le faire avec sa mémoire.

J'écoute en boucle *Dis, quand reviendras-tu ?* de Barbara, je la chante à Guillaume en espérant que ça me redonne ma place auprès de lui. Son corps ne réagit pas à mes formes ni à la douceur de ma peau. En fait, j'ai l'impression que ça le révulse. Ma peau est devenue trop douce avec les hormones et je déteste encore qui je suis, mais cette fois pour une autre raison : je perds celui que j'aime. Je bois les belles paroles des hommes qui me courtisent. Je bois beaucoup de rhum, sans glace.

Les matins se lèvent sans que je m'en aperçoive. Je dérive dans l'incertitude. Je flotte dans les eaux vaseuses. Il me semble que peu importe ce que je fais, je suis perdante. Je prends ma douche plusieurs fois par jour, me regarde dans les miroirs, m'inspecte. Les hormones donnent des résultats visibles, elles font pousser mes seins, un peu, rien de vraiment flagrant. Ça fait mal. Ça me fait sourire. Seconde adolescence, bordée cette fois avec les larmes du bon genre. Mon sourire s'estompe à la vue de Guillaume. Cette journée-là, avant d'entrer sous la douche, je saisis les ciseaux et je coupe mes cheveux que j'ai fait pousser pendant plusieurs mois. C'était la première fois que j'avais les cheveux aux épaules.

Clac clac.

Coups de ciseaux.

Coups de marteau.

Le sol se tapisse de honte.

Les larmes dévorent mes semaines et mes mois de féminisation.

« Oh voilà, je suis un beau petit gars, c'est ce qu'on attend de moi. Vous êtes servis. Vous n'avez plus qu'à me dévorer, il ne reste plus rien de moi. Charognes. »

Je pleure.

J'attends que l'orage passe pour pouvoir sortir de la salle de bains. Je masque mon visage d'une jovialité sordide. Guillaume est dans la cuisine, en train de préparer son lunch. Il se retourne à mon passage et avale de travers. C'est comme s'il avait vu la mort.

Dans l'autobus, avec de gigantesques verres fumés, ma tête est pleine de tout ce que je ne dis pas à Guillaume, de ce que je pense et repense, de ce que je tais au lieu de le hurler. J'oublie de plus en plus souvent de manger. Je pense aux spectacles de drag que je fais encore, mais la fougue n'y est plus, chaque spectacle est un coup de couteau pour Guillaume. Les paysages se dédoublent à chacune de mes plaintes. Je regarde la longue tignasse blonde de la fille sur le siège en avant de moi. J'aimerais la lui couper et me la mettre sur la tête comme un diadème.

Au cours de cette année-là, des amis, poètes pour la plupart, entrent dans ma vie. La première fois que j'assiste à une activité de poésie, c'est dans la maison d'une fille qui donne une performance de cinq heures en tout. Elle est en camisole blanche et en petite culotte. Elle est en plein milieu du salon. Les gens autour la regardent, parfois non, elle reste debout comme ça, sans boire, sans manger, sans presque cligner des yeux. Elle est invisible dans la foule. Il y a une table basse devant elle. L'éclairage du luminaire imitant un candélabre rend sa peau dorée. Il y a un crayon Sharpie noir posé sur la table. Les gens ont pour consigne d'écrire sur sa peau ce qu'ils pensent d'elle, pour montrer à quel point l'on porte les stigmates des autres et qu'ils nous suivent partout où l'on va. Il me semble que mon Sharpie n'a jamais pu être délavé, que l'encre qu'ils ont versée de leurs bouches à l'école restera même après ma mort.

Je suis enthousiaste à l'idée de rencontrer de nouvelles personnes. Cette fois, je suis moi-même, une femme qui reprend vie. Je veux en connaître davantage sur moi ; c'est la période de ma vie où j'abandonne un temps les livres au profit des livres humains que sont mes amis poètes, avec leur vie aussi rocambolesque que la mienne. La fille se retrouve maintenant avec la superficie de ses bras marquée de dazibaos, des inscriptions presque indélébiles. Quelqu'un lui enlève sa camisole. Une autre personne lui écrit sur les clavicules : « Il faut se perdre pour se retrouver. »

Gorgée et saoulée de poésie, je titube dans les immenses couloirs de la maison aux décorations antiques. On pourrait se croire dans un roman de Virginia Woolf. Les portes françaises donnent sur des groupuscules animés qui discutent de la situation de la poésie dans l'espace public. Une autre porte donne sur un jardin où sont rassemblés autour d'un feu d'autres poètes de la ville, hypnotisés par les flammes et gobant à un rythme effréné des guimauves grillées. Certains dansent sur le beat qui émerge d'un minuscule haut-parleur placé sur une chaise en osier. En bordure du jardin, une végétation luxuriante me rappelle combien la campagne me manque, en particulier le fleuve et les après-midi à la plage. Tant de marées me séparent maintenant de ma mère, que j'ai enfouie dans le sable des malaises. Je remercie ces arbres de m'apporter un peu d'espoir, je sais qu'un jour je trouverai les mots, ils sont écrits quelque part dans le silence.

J'hésite entre m'asseoir autour du feu avec les gens ou tout simplement me promener en passant d'une discussion enivrante à une autre. Nous parlons de

Platon, de Judith Butler et de sa théorie du genre. Je ne pensais pas que c'était possible de bien me sentir en dehors de ma relation avec Guillaume, qui bat de l'aile. Je me laisse même attendrir par les discussions superficielles ; ça me permet de prendre une pause avant de reprendre une conversation animée. Je ne sais plus qui de nous deux a pourri en premier, je ne sais pas comment les fins arrivent, et pendant combien de temps elles traînent un long dénouement d'angoisse. Je ne sais pas quand on arrête de respirer, combien de temps ça prend avant que le cerveau comprenne qu'il n'y a plus rien à voir.

Je monte les marches d'un escalier qui tangue afin d'accéder à la salle de bains. Une odeur trouble d'urine flotte dans l'air. On se croirait en plein festival de musique. Une file d'attente se déroule le long du couloir et serpente jusqu'à la dernière marche en bas. J'ai une petite jupe et quand je monte, j'espère secrètement que l'on imagine que la soirée pourrait être amusante.

Je m'assois sur le lit d'une des chambres, ou plutôt, je m'y laisse tomber. Les fourmis dans mes jambes ne savent plus où aller. Les lucarnes laissent passer la faible lueur d'un lampadaire et le début de l'heure bleue. Cette « bleutitude » me rend mélancolique ; je m'aperçois que je redoute la nuit, mais que lorsqu'elle part, je comprends que je l'ai aimée.

Un homme vient s'asseoir à côté de moi sur le lit. Il lisse son pantalon avec ses mains tatouées. Il a un veston en soie vert émeraude – comme les yeux de Guillaume. Il semble nerveux. Il me fait penser à moi, qui se sent toujours trop ou pas adéquate. « Je n'ai pas été adéquate dans mon enfance », lui dis-je.

— Mais tu as été quelque chose, me répond-il.

Nous jouons de cette philosophie et le temps passe sans que nous le voyions. Ses mains s'approchent jusqu'à ce que ce soit mes cuisses qui soient tatouées. J'ai maintenant une cage d'oiseau ouverte et un renard qui regarde la cage. Il voit que je suis perplexe, il retire ses mains.

— Désolé, dit-il, j'aurais dû demander avant. Je voulais te dire que même si c'est la première fois qu'on se parle, je te vois aller, et tu es inspirante.

Ses mots savent où se rendre pour faire du bien. C'est la première fois depuis je ne sais quand qu'on me dit de la douceur.

Quelques personnes viennent lui parler. Son nez aquilin me fait penser à un Grec. Ses yeux sont grands ouverts, autant qu'est large son sourire. Je repense à Guillaume et moi, qui ne sourions plus, qui avons toujours l'air d'aller à un enterrement. Je ne sais pas combien de temps nous allons célébrer le corps mort de l'amour. Je me demande quand Guillaume a souri pour la dernière fois. Ce n'est plus qu'une image. Ce n'est plus qu'un son.

Je me relève en même temps que lui.

— Tu es belle, me dit-il.

Je flatte mes cheveux courts.

— Tu trouves, même avec mes cheveux comme ça ?

— Oui.

« Tu es belle. » Ces mots que j'ai tant cherchés dans la bouche de Guillaume, voilà qu'ils sortent tout seuls ailleurs, de la bouche des autres. J'ai envie de l'embrasser sur la bouche, mais finalement, mes lèvres atterrissent sur sa joue pour le remercier.

— Frédéric, enchanté.

Il faut que je me sorte de cette situation avant que ça dégénère, sinon je serai dans le trouble. En m'excusant pour passer à côté de lui, je percute le mur avec mon dos, une toile accrochée me tombe sur la tête et termine sa chute à mes pieds. Elle montre un voilier en pleine mer. Nous éclatons de rire.

— Ça veut sûrement dire que tu es mûre pour un voyage, me lance-t-il de sa voix feutrée de cigarette et d'alcool.

J'ai envie de m'évader, d'être sur ce bateau avec lui. La soirée se termine et la performeuse est recouverte de dazibaos sur toute la surface visible de son corps. Je n'ai rien écrit sur elle, d'ailleurs, je ne sais plus comment crier.

Je retourne à mon lit. Guillaume dort encore. Je ne ferme pas les yeux, même si la fatigue me pèse. Je repense à ces mots : « Tu es belle », aux fleurs qui poussent malgré la neige. Cette rencontre dans cette maison marque le début de plusieurs autres qui s'enchaîneront de semaine en semaine. Les oiseaux commencent à se réveiller et j'ai passé la nuit à boire, à festoyer, à offrir des accolades.

Il y a un scintillement vert émeraude qui déambule jusqu'à je ne sais où, mais sa lumière m'aide à garder les yeux ouverts. Derrière mes paupières, il y a trop d'images que je ne veux pas voir ; je vois Guillaume qui quitte notre amour dans chacun de ses vêtements, je vois toutes les possibilités du départ, les températures différentes, les expressions différentes. Pourrais-je avoir une exception et qu'on se quitte le sourire aux lèvres, comme quand on quitte un gym après avoir sué sa vie ?

Je pense à tous ces visages radieux que je laisse derrière quand je retourne chez moi. Nous retournons dans nos relations dysfonctionnelles et nous nous souvenons de nos soirées pour trouver le courage de continuer notre lutte.

À la répétition de danse pour un prochain spectacle, Steph remarque mes cheveux courts.

— Tu t'aimes donc pas assez, hein ?... Heureusement pour toi, je suis allé magasiner des perruques la semaine passée.

J'invite mes amis poètes à venir me voir en spectacle. Avant que je parte pour le bar, Guillaume me bloque le chemin.

— Je ne connais pas cette femme que t'essayes d'être, je ne sais pas à quoi tu joues.

— Pour la première fois de ma vie, Guillaume, je ne joue pas.

Frédéric porte encore son veston vert émeraude et toujours son grand sourire quand il me voit. Mes joues s'enflamment sous son regard. Je pense à Guillaume. Au moment fatidique de nos adieux.

Après le spectacle, nous allons nous rafraîchir sur la terrasse. Nous partageons un pichet. Nos bouches se touchent par gorgées croisées. J'ai quinze ans de nouveau.

J'arrive du bar, encore en sueur. Je dépose mes boucles d'oreilles et mes bagues sur ma table de chevet. Le cliquetis dans le vase de porcelaine me rappelle que j'ai une double vie. Guillaume dort à poings fermés, attendrissant. Quand il sommeille, c'est le seul moment où nous pouvons coexister paisiblement.

Ce moment éreintant arrive de nouveau, où je tente de réintégrer ce scaphandre de garçon pour essayer de lui plaire encore. Mon visage radieux disparaît au fur et à mesure des passages des lingettes démaquillantes. Je tombe d'épuisement dans le lit en me demandant comment il est possible de tomber amoureux de la tristesse.

Je n'ose pas imaginer ce que je serais devenue si Guillaume ne m'avait pas sortie de ma campagne. Je crois que je n'aurais pas pu continuer à vivre. Je serais soit morte dévorée par les loups, soit pendue au bout d'une corde comme un pendule marquant les coups de l'absence.

« Malgré toutes nos récentes tensions, je dois admettre qu'il a beaucoup fait pour nous. Le fait d'être sans emploi pour le moment, le temps de changer de prénom, me rend maussade. De jour en jour, je sens que je suis pesante de dettes, de silence, de névroses. »

« Ce soir, j'ai crié dans les couvertures parce que je ne voulais pas mordre mes joues, et je ne voulais pas non plus que le petit enfant qui jouait gaiement dans le stationnement entende l'atroce douleur que j'ai d'être vivante. »

C'est l'hiver, et ce jour-là, je me rends dans un café pour travailler une publication de poésie avec les amis artistes. Chacun de nous a son champ de prédilection. L'un dessine, l'autre peint, pour ma part j'écris des poèmes inspirés de leurs œuvres. Une odeur d'encens floral flotte dans le café. Je pense à Guillaume, qui ne m'a pas dit « je t'aime » depuis trop longtemps. J'essaie de chasser ces images, de me dire que s'il ne m'aimait pas, il n'habiterait pas avec moi. Guillaume est allé chez un ami composer de la musique. Quand il s'adonnait à son art en ma présence, il fumait un joint, venait m'embrasser, puis repartait dans ses solfèges. Son corps sur le mien me manque.

Bien que je déteste la saison hivernale, je me trouve toujours des raisons de sortir. J'organise des rencontres à l'improviste dans les cafés avec Steph et les danseurs ou avec mes amis poètes. Steph s'inquiète pour ma santé mentale et physique.

— Tu tiens juste sur deux petites cannes, là. Tu dois jamais te laisser dépérir pour un gars, aussi hot qu'il puisse être.

Steph me concocte des potages, des sandwichs.

« Hier, je me suis glissée sous les draps pour me réchauffer et le corps et le cœur. J'ai enlacé Guillaume entre mes cuisses. Il s'est dégagé de mon étreinte et m'a tourné le dos. Je me force pour manger, je me force pour vomir, je n'ai plus envie de me forcer à aimer un mur. »

Un jour, je termine plus tôt ma rencontre avec les amis artistes, alors j'ai l'idée de le rejoindre au studio de son ami compositeur, à quelques rues de mon rendez-vous. J'en profite pour m'émerveiller de ce blanc immaculé des rues sous le soleil. L'air glacial colle mes narines. Quelqu'un dans un stationnement déneige sa voiture ; aujourd'hui est un jour où je balaie mes doutes, mes angoisses, et j'apprécie enfin la vie.

Je demande à la réceptionniste de l'immeuble où se trouve le studio. Après un dédale de couloirs, je trouve la porte. J'ai hâte de voir l'étonnement sur le visage de Guillaume.

Je m'arrête net. Mon cœur bat fort. Sous mes yeux, Guillaume embrasse un homme. Il ne remarque pas ma présence. Il a tout ce que je n'ai pas : une barbe, des muscles, des mains puissantes. Je suis hébétée. Guillaume me voit finalement et se défait de l'étreinte.

Je suis à la fois émue et médusée par le spectacle de leur dévoration et celui de ma disparition.

Il s'adosse contre le mur pour reprendre ses esprits et m'offre un sourire nerveux pour tenter de se racheter. Il se ressaisit comme si demain, le ciel allait encore avoir la même couleur.

Il se rapproche de moi dans le but de m'enlacer.

— Je suis désolé, ose-t-il me dire.

Il sent le pot à plein nez. Son visage pivote. Je l'ai frappé si vite et si fort que je ne comprends pas pourquoi le sang sur le tapis. Une rigole de sang sur ses lèvres, son menton.

Je sors du studio en trombe. La neige lourde fond sur mon visage brûlant. Mes larmes, toutefois, gèlent. Je marche dans le Vieux-Québec, dont les commerces et les habitations semblent sur le point de s'écrouler. Mes bottes se remplissent d'eau. Sous la porte Saint-Jean, j'en profite pour reprendre mon souffle et m'accroupir. La ville s'atomise dans un trou noir. Il me semble que tout ce qui est en dehors de moi me rejette. Je m'en retourne à mon appartement avec cette urgence de faire mes valises. Mes frissons naissent d'une fièvre qui serpente en moi depuis la vue de cette scène incongrue.

Pendant notre absence, notre appartement est devenu un igloo. Un monticule blanc s'est formé sur la cuisinière. Une neige scintillante qui me fait penser à des tas de diamants. Je tente de la chasser avec mes mains. Chasser tout ce qui essaie de m'envahir. La nuit, la pluie, les sourires de Guillaume qui ne sont plus pour moi.

Ma rage embue la fenêtre. Un morceau d'assiette cassée dans ma main. Je m'ouvre. Un peu.

Beaucoup. Profondément. Mon poignet tremble, mais la chair se fend comme du papier.

Guillaume arrive alors que j'entame ma troisième lacération. Il déniche un linge en un éclair et appuie sur mon bras, puis s'empare avec l'autre main du morceau d'assiette. Je suis décontenancée, aujourd'hui, on ne veut pas de ma mort.

Je n'arrive pas à parler, ni même à entendre quoi que ce soit. Je m'appuie sur lui, qui me met mon manteau sur le dos. J'ai une photo de Pénélope, ma poupée d'enfance, dans mes mains. Dans les cataclysmes, les gens emportent les choses qui leur sont chères avant de laisser leur maison au destin. Moi, je veux que mon enfance me tienne la main.

Nous sortons ensemble. Il m'aide à monter dans la voiture et on se dirige vers l'hôpital. J'arrête de saigner. À notre arrivée aux admissions, je vois double. C'est difficile de supporter mon propre poids. En constatant mon état, on me prend tout de suite en charge. La secrétaire tend un formulaire à Guillaume et me demande de signer ensuite, pour les autoriser à m'interner vu ma détresse psychologique.

Visage bouffi de larmes. La réceptionniste prend des notes. Guillaume me touche le front, ça dérange ma frange et je me dis que maintenant que mon front est découvert, on va pouvoir lire dans mes pensées. Ça me fait paniquer, alors je hurle.

Un gardien m'ordonne de le suivre. Je lui crache au visage. Guillaume rapetisse au bout du couloir, j'entends ses sanglots entre mes cris. Au même moment, deux ambulanciers poussent une civière dans le couloir et je le perds de vue.

Quatre murs de béton étouffent les bruits. C'est donc dans cette pièce qu'on attend que les gens s'évanouissent de ne plus rêver. Je ne sais plus pourquoi je suis ici. Dans cette pièce, le soleil et la lune se succèdent sans que l'on puisse les voir. Je suis dangereuse. L'infirmière s'adresse à moi avec mon prénom masculin.

— Je vous en supplie, appelez-moi pas comme ça !

On m'assigne une chambre le lendemain. Dans la chambre à côté, il y a une fille qui fixe la couverture d'un livre. Elle ne remarque pas mon arrivée. Elle a une tresse brune avec laquelle elle joue tout le temps. Je me sens étrange, dans ce lieu aseptisé.

Ma voisine chante des comptines pour enfant chaque soir. Allongée la tête à l'envers, son sourire a l'air d'une grimace. J'ai envie qu'elle me raconte la vie à l'envers. C'est peut-être possible, ainsi, de retourner dans le ventre de nos mères. Il me semble que l'amour de ma mère, bien qu'elle ait été intransigeante envers moi, est tout de même le seul endroit duquel je n'ai jamais voulu m'enfuir.

Je reçois un appel de ma mère le lendemain, je pense aux coïncidences, à ce qui se rêve en secret.

— Guillaume m'a tout raconté… Tout ça a bien du sens… Mais tu restes mon garçon.

La voix de ma mère tremble et je suis trop loin pour essuyer ses larmes.

— Je sais que tu vas toujours me considérer comme ton garçon, mais je peux-tu être au moins TA garçon ?

— Ce sera pas facile mon… m… ma garçon… mais je suis là, si tu as besoin de sous ou de quoi que ce soit.

Maman pleure. Les inondations qu'elle redoutait quand on était petits, je pense que c'était parce qu'elle les retenait toutes en elle.

La plupart de mes journées, je les passe à jouer aux échecs avec un dénommé Benjamin, lui aussi interné pour avoir tenté de se suicider. C'est la quatrième fois. Je ne sais pas si c'est parce que nos cicatrices se ressemblent, mais je me lie d'amitié avec lui. Nos blessures nous rapprochent.

Je perds, la plupart du temps, et si je gagne, je sais que c'est parce qu'il me laisse des chances. Ses yeux bleu acier devinent deux ou trois coups d'avance. Il prend son temps, fouille dans sa barbe rousse à la recherche d'une stratégie.

Arrive notre repas. On s'assoit côte à côte, dans nos jaquettes. Je mange mon gruau. Il me donne le restant de son plat, parce qu'il n'aime pas le gruau. Nos promenades dans la cour arrière de l'hôpital me rendent euphorique. Je ne sais pas si ce sont les médicaments ou seulement la joie de ne plus avoir à penser à quoi que ce soit, pour une fois dans ma vie.

Guillaume vient me visiter une fois, en ne sachant plus trop comment m'appeler. On ne se parle pas.

On se dévisage.

On s'inspecte.

On se dit que peut-être il reste une parcelle d'amour sous la haine.

— Je sais juste pas comment dealer avec tout ça... C'est dur pour moi aussi. J'ai vraiment cru que t'allais mourir.

Quand je regarde Guillaume, je ne peux pas m'empêcher de le revoir, sa bouche sur celle de l'autre.

— Ça ne justifie pas ce qui s'est passé au studio.

On poursuit le silence, jusqu'à la fin des visites.

— J'aime le garçon que tu es, mais je suis pas capable de voir la fille que tu deviens.

Et moi de lui répondre entre mes dents serrées :

— Ne reviens pas, ce n'est pas la peine, de toute façon, j'ai plus de peine pour nous deux.

Guillaume ne se retourne pas quand je lui dis ça, ça ne me fait pas mal, parce que depuis des mois, je me suis habituée à ce qu'il me tourne le dos.

Le soir, je regarde les étoiles par ma petite fenêtre. La fille à côté ne ronfle pas, ça fait changement de Guillaume. La journée de mon congé de l'hôpital, Benjamin semble triste.

— Si tu reviens, je te le souhaite pas, on s'entend, hein, ce serait plate, ça voudrait dire que tu vas pas mieux, mais en tout cas, je voulais dire, si jamais tu reviens, vas-tu pouvoir compter les étoiles sur mon visage ? me demande-t-il en pointant de l'index ses taches de rousseur.

— Oui, bien sûr.

— J'ai hâte d'aller à Montréal, pour ma nouvelle vie, je vois bien que si je veux que les choses changent, je dois faire les choses différemment pour avoir un résultat différent. Merci pour les parties d'échecs.

Au moment de se séparer, on s'enlace. Je perçois un sanglot. Je prends son visage entre mes mains et le remercie. « Pas de contact ! » lance un gardien.

Guillaume m'attend à la sortie de l'hôpital, adossé contre sa voiture, le regard dans le vide. Je prie pour que ça passe, mais je sais bien que c'est pourri, entre nous. C'est lui ou moi, ce n'est pas qu'une question de paillettes. Peu importe le choix, l'hiver sera plus long pour nous.

Guillaume est plus tolérant avec moi. Il semble que le séjour à l'hôpital l'a conscientisé sur ma souffrance. Je dors sur le divan, il n'est pas question de retourner dormir avec lui. Je ne sais pas tout le fond de l'histoire, si c'était la première fois ou si c'est une habitude qu'il embrasse d'autres gars. Je ne veux pas tourner le fer dans ma plaie.

Malgré tout, je constate les effets de l'hormonothérapie. Bien que chaque personne ait des résultats différents, pour ma part, mes fesses prennent du galbe, mes hanches s'élargissent, mes seins poussent encore et sont douloureux.

« Ma peau d'homme se dissout, c'est la saison de la mue du serpent. Je peux enfin supporter de me regarder dans le miroir. Ceci est mon corps, livré pour moi. C'est la seule chose qui me tient en vie. »

Je ne suis pas intéressée à retourner sur scène. Steph exprime sa déception, mais fait preuve de compréhension. Je passe de plus en plus de temps chez lui. Nous sirotons notre thé et examinons sous toutes ses coutures l'effondrement de ma relation. Ma grand-mère m'appelle chaque semaine – elle a pris cette habitude quand elle a su qu'elle a failli me perdre cet hiver.

C'était inévitable. La séparation officielle se fait d'un commun accord, comme on se résigne à s'amputer un bras gangrené pour ne pas mourir. Entre deux tasses de thé, Steph m'aide à magasiner un appartement sur le Net. Je traîne un cargo de larmes avec moi, et les tremblements de mon corps sont incontrôlables. Je pense à Montréal, je dois être dans une autre ville pour éviter la folie dans laquelle me jette ma séparation.

Lors d'une promenade dans les bois de Sainte-Catherine-de-la-Jacques-Cartier, Guillaume et moi tombons sur la carcasse d'un chat errant à laquelle il manque la tête. On se regarde devant le cadavre décapité, stupéfaits. L'idée du vivant qui a vécu et n'existe plus. Ça me fait penser à nous. Plus tard, Guillaume me regarde dans le blanc des yeux pour une dernière fois.

— Je vais toujours t'aimer.

Il commence à pleurer. J'essuie ses larmes.

Cette tristesse, ça passe tout droit. Ça ne reste plus dans mon cœur. Ce soir, on pleure jusqu'à en avoir mal aux côtes.

Guillaume me demande de rester un gars jusqu'à mon départ, « … pour avoir un beau souvenir de toi ». J'accepte en grinçant des dents. Quand il me voit « en femme », ça lui enlève l'image du gars dont il est tombé amoureux. Comme je sais que je vais partir l'été prochain peu importe ce qui arrive, ça ne me dérange pas, du moins j'aime me le faire croire.

Au printemps, les bars sont devenus ma maison. Je reste jusqu'à leur fermeture pour être habillée le plus longtemps possible avec les vêtements que je préfère : robes, camisoles, jeans moulants, talons hauts. Dans le plus grand des silences, je me prépare à l'appartement, pour émerger le soir, nouvelle dans cette ville. On me courtise. On m'offre à boire. Le moment où je dois rentrer chez moi arrive toujours trop vite. Je regarde le maquillage tournoyer dans le drain du lavabo avec amertume.

La tension est palpable. On se dispute de plus en plus. Se brisent les pots de fleurs et les voix. Quand la nuit arrive, on se crispe dans l'incertitude du sujet de la prochaine dispute.

Guillaume organise des soirées à l'appartement à l'improviste. J'arrive parfois aussi saoule que lui. On se rencontre au point précis de notre douleur commune. On se fusille du regard. On jappe plus fort que les chiens.

Une fois, je décide d'enterrer la hache de guerre et de participer à une de ses soirées. Il y a plein de gens dans toutes les pièces. Je cherche un endroit où me poser. Je comprends alors que je ne suis plus la bienvenue chez moi. Il y a même trois personnes qui jasent sur le lit. Je comprends Guillaume ; il est allé chercher, chez l'homme qu'il a embrassé, du réconfort, de l'amour. Il s'esclaffe avec les invités. Je m'aperçois que je ne serai plus jamais la raison de son rire.

Tant qu'à être prise dans ce tourbillon pour la soirée, je décide de devenir la préposée aux shooters. Je n'arrive plus à comprendre les conversations dans le cri strident de la fête. Je ne sais pas ce qu'on célèbre, mais j'en profite pour me saouler à outrance avec les différents alcools que les gens ont apportés.

« Champagne, fort, bière, anéthing anétime, it's party ! » que je lance en pensant à ma mère.

Je termine la soirée dans ma mare de vomi, sur le parquet de la salle de bains. Guillaume m'aide à me relever.

Ce soir, c'est la dernière fois qu'il le fait.

Affalés au sol après une autre dispute, on se regarde pleurer un moment. On ne se reconnaît plus sous les grimaces. Il me semble que toute la beauté de ce que nous avons vécu gît là – nos rires, nos éclats de joie : rien de tout ça n'est parvenu à nous guérir.

On envie les couples qui déambulent toujours le sourire aux lèvres. Notre cohabitation se déroule maintenant le ventre noué.

Je vis chez Steph en attendant de changer de ville. Je vais voir ma grand-mère pour un événement important. Elle a rapetissé et a le dos courbé sous le poids des jours, mais elle continue de porter du rouge à lèvres et un soupçon de fard. C'est une rose qui ne se fane jamais.

— Tu as gardé ton pendentif tout ce temps, ça me rend fière, ma petite…

C'est la saison des odeurs florales enivrantes. Elle a mis son veston lavande et sa jupe lavande. Je lui tiens la main, mais elle tient aussi la mienne.

Ensemble, on se rassure. Elle a maigri et j'ai peur qu'elle parte à la moindre bourrasque. Nous passons près des lilas japonais qui trônent devant chez elle depuis mon enfance. Elle s'extasie toujours devant leur blancheur immaculée et chaque fois qu'elle passe devant eux, elle prend le temps d'en humer les arômes.

— Les gens qui ne s'arrêtent pas pour apprécier ce que la vie nous offre ne se souviendront de rien au moment de leur mort.

Je prends cette réflexion très au sérieux.

Un homme assis sur un banc lui fait de l'œil.

— Bon, ça recommence, soupire-t-elle. Quand est-ce qu'ils vont comprendre que je n'aurai pas d'amour pour un autre homme que ton grand-père ? C'était le seul et unique.

Elle me prend le bras. Elle fait de tout petits pas et j'apprends à ralentir la cadence, à apprécier le paysage. Ma grand-mère est une tortue enjouée.

Au bureau du Directeur de l'état civil, une personne récite des serments légaux. Comme j'avais besoin d'un témoin pour l'assermentation, j'ai aussitôt pensé à ma grand-mère, parce qu'elle a une énorme dose de compassion pour moi. Quand je lui ai annoncé que j'étais une femme, elle m'a dit : « Enfin, tu t'es ouvert les yeux. » Ça m'a émue.

Rituel de ma naissance. Bientôt, je recevrai un nouveau certificat de naissance avec le prénom que j'ai choisi ainsi que la mention de sexe passant de masculin à féminin. Grand-maman a le sourire étampé sur le visage, elle illumine la journée. Nous sommes fébriles d'accomplir une autre étape pour ma nouvelle vie.

De retour chez elle, elle s'installe sur le balcon qui donne sur la cour arrière, notre lieu de prédilection pour discuter. Je prends les bols pour notre yogourt que l'on agrémente de noix variées. J'ouvre le frigo. Dans la porte, je tombe sur un nettoyant à plancher. Par curiosité, ou plutôt par peur, je regarde aussi sous l'évier : le lait de soya est à côté du bac à vaisselle.

Il faut me préparer à l'idée, il se peut qu'elle ne se souvienne plus de moi un jour.

Je repense à la pesanteur de la cohabitation avec Guillaume. Ça serait plus facile si je pouvais le détester. Comment puis-je tourner le dos à la personne qui m'a redonné ma lumière ?

Il me faut déménager au plus vite. Changer de ville. Ce n'est pas concevable de hanter les lieux, les quartiers, les ruelles d'un amour perdu. Il faut que je bouge. Que je m'éloigne un peu plus du lieu de mon premier battement de cœur.

C'est alors que dans l'imminence de notre fin, j'ai cette idée de faire un voyage d'au revoir afin de rendre grâce à ces années que j'ai vécues avec cet homme. Nous prenons donc la direction du Nouveau-Brunswick. Armés de musique et de sacs de chips, nous filons sur le chemin de l'au revoir. Chaque chanson qui joue semble s'adresser à nous. Les kilomètres s'enroulent autour d'une névrose, me serrent jusqu'à l'ataraxie : ce sont mes derniers moments avec lui. Je parviens à m'endormir sur la route cahoteuse, comme bercée par ma mère.

Durant le voyage, on me reconnaît enfin comme la femme que j'ai toujours été. À la baie de Fundy, on écume le bord de mer à la recherche de roches. Une attire en particulier mon attention. Elle est en forme d'œuf. Tout ce que je vois me rappelle ma naissance nouvelle.

À l'auberge, on demande une chambre avec deux lits.

Au retour à Québec, je retourne chez Steph le temps de mon déménagement. Je revois Guillaume une dernière fois pour les adieux. On s'enlace pendant une éternité.

Ma mémoire ne veut pas quitter les odeurs de notre première rencontre. Guillaume sent la rose et je repense à mon petit corps d'oiseau estropié dans son giron un soir de sous-sol.

— Bonne vie, ma belle…

« Première nuit sans Guillaume. J'ai envie de mourir. Dire que la vie veut mourir me donne le vertige. Je vais prévoir ma mort comme on planifie un mariage, sans oublier aucun détail. Sans lui je ne suis rien. »

« Je serais curieuse de voir de quoi aura l'air ma peau dans les minutes qui suivront ma mort, dans les heures avant qu'on me trouve. Le bleu des veines qui remontent à la surface sur le chemin de la morgue. J'ai envie de m'engourdir comme ma mère après les coups de poing, comme mon père après la bière. J'ai envie de mourir nue, sans habit spécial pour le grand départ, nue, comme je suis entrée au monde. »

Hochelaga. Quartier de ma nouvelle vie. Mon appartement est près d'une petite école où des enfants s'amusent dans la cour. Une petite fille regarde par-delà la clôture. Je lui souris quand elle attrape mon regard. On se reconnaît.

C'est Steph qui a déniché ce deux pièces meublé. Aidés de ses amis, nous procédons à mon déménagement. Autour d'une pizza, Steph me pleure dans les bras. L'émotion est à son comble. Pour terminer la journée, nous sortons dans un bar au centre-ville. Je vois tout avec des yeux nouveaux. Il me faut du monde, que ça bouge, le plus possible, pour ne pas penser trop fort à Guillaume.

Je dois trouver un emploi à Montréal. Je m'installe dans la vie citadine et j'espère que la ville a assez de place pour mon cœur qui déborde. Les immeubles semblent pousser comme du chiendent. Je tente de transposer la forêt de mon enfance sur le calque d'une ville à découvrir. Je flotte de nouveau. Je retrouve ma légèreté.

J'observe mon nouvel habitat. Les bruits de l'appartement sont d'autres bruits auxquels je dois maintenant m'habituer. Je laisse mon visage baigner dans la lumière de l'aube, le temps de revivre les marées hautes et les ouragans, de les comprendre. J'ai l'impression que ce soleil-là n'est plus le même que celui qui se levait des années plus tôt sur ma campagne natale. Il m'arrive quelquefois de sursauter à un craquement du plancher ou lorsque la vieille canalisation du chauffage fait des siennes. Dans cet appartement, le bruit des voitures me parvient, feutré, elles vrombissent du bruit de la vie qui commence. Oui, la lumière est différente dans ce petit espace : elle atteint enfin les choses.

Le frêne géant près de ma fenêtre me protège de la laideur du monde. Des rires d'enfants traversent ses branches. Il arrive que je passe un après-midi complet à le regarder se balancer dans le vent, en me rappelant les arbres du bois où j'ai grandi. Plusieurs jours, déjà, malgré les pleurs, malgré l'amaigrissement. Que deviens-tu, Guillaume ? Qui veille sur tes nuits, maintenant ?

Mon matelas commandé sur le Net se déroule comme un rouleau suisse. C'est l'endroit où je vais vivre maintenant, et jusqu'à nouvel ordre, passer mes nuits. Ce matelas posé à même le sol sera mon radeau sur la houle des jours. Je dors avec deux ou trois livres sur mon lit, je les attrape au passage comme de petites bouées de bonne espérance qui m'aident à naviguer à travers les eaux inconnues.

Je jase tous les jours avec Steph, il a peur que je m'enlève la vie. Il m'avoue que Québec n'est plus la même depuis que je suis partie. On dirait que je ne me souviens plus des visages ni du nom de mes amis poètes. L'alcool que j'ingurgite en quantité industrielle me dérobe mes souvenirs.

« Parfois, je revois des visages que je n'ai pas connus et des souvenirs qui ne sont pas arrivés. Des envies réprimées. Des ailleurs. Je ne reste pas en place. Peut-être que je n'aurai jamais de racines et que c'est ça, ma fatalité ? Pourquoi donc est-il question de fatalité, pourquoi est-ce que je parle comme si j'avais tout vu de la vie ? »

« Un sentier de bois, la boue, la tempête, les pieds nus glissent dans les sandales. Espérer l'arrivée d'un caribou blanc comme un départ. Cette plage et la chanson de la mer. Te souviens-tu, tu tirais des cailloux dans le fond de la gorge du fleuve, il a avalé tes rêves et a semé sur son littoral des opportunités de grandir. »

Ce que j'ai vécu avec Guillaume est fugace et me glisse entre les mains comme un saumon qui retourne à l'origine de sa naissance. Je n'avais qu'à en profiter quand ça passait, me dis-je. Ma grand-mère et moi, on s'appelle encore souvent, je nourris cette peur qu'elle ne se souvienne plus de qui je suis. Je me dis qu'au moins, je sais un peu plus, moi, qui je suis.

« Je repense à ma nuit chez ma grand-mère, comme une main sur les yeux d'un enfant pour lui éviter de grandir trop vite. Mais le lustre des plantes renvoie la lumière du lampadaire, qui a poussé d'une façon illogique, près d'un lilas qui n'a rien demandé. »

Je me réveille en sursaut la nuit, tétanisée par la grandeur du matelas. J'adopte une petite chatte espagnole qui dort avec moi et qui sursaute à mes réveils. Elle dort sur ma poitrine et ronronne, elle se frotte la tête contre la mienne : la main d'une mère pour un enfant fiévreux.

Il arrive que, pendant plusieurs jours, je ne sente plus l'eau de la douche sur ma peau et que je n'aie plus de larmes. Je fais mon possible pour que mes cris ne traversent pas le mince plâtre des murs et n'alertent pas mes voisins. Je m'étouffe parfois avec un oreiller jusqu'au presque endormissement, parfois je crie et plus rien ne sort de ma gorge, même mon cri est épuisé.

Tout me draine, me vide.

Je suis poreuse.

Je suis presque.

« J'ai ma photo d'enfant dans les mains. Ce petit bout de chou qui sera plus tard agressé, intimidé, déçu souvent, qui se demandera à quoi bon rêver si c'est pour être toujours déçu. Et je lui dirai que je l'aime. Que même si j'ai mal, je l'aime. Il me faut rester dans le sentiment brut : le charbon. Le diamant, c'est à la fin qu'on peut le voir, qu'on peut voir au travers. Le diamant, c'est toujours du charbon. Ne pas oublier cela. »

Je fais de mon mieux pour m'accrocher à la beauté du monde, sous les recommandations d'une thérapeute qui m'aide à gérer mon anxiété. J'ai fait le deuil de me débarrasser du souvenir de l'agression. Il ramasse la poussière, est toujours là, dans le fond d'une pièce. J'émerge du bureau de la consultation avec l'impression d'avoir été décharnée et que tout le monde peut voir mes muscles et mes nerfs, qui exercent la même contraction de tristesse depuis l'enfance.

Parfois, un passant ou une passante me fait la conversation sur le chemin du retour, et je n'ai pas envie de fuir comme avant. Parfois, c'est ce jeu de lumière, vers la fin de l'après-midi, qui chauffe la tôle des voitures et qui m'éblouit tant qu'il faut que je m'arrête ; j'en profite pour remplir mes poumons d'air frais. Parfois, c'est quand il neige en plein soleil ou quand les flaques d'eau de la fonte accueillent les rires et les pieds d'enfants téméraires. Les semaines passent à un rythme effroyable et moi je reste ici, dans cette volonté de vouloir la beauté de ce qui se vit encore.

Je commence à m'habituer à mon quartier. Je salue par leur prénom les employés du marché, on sait ce que je vais commander avant même que j'ouvre la bouche. Je prends mes fruits, me concocte des salades, mes papilles me font goûter enfin quelque chose.

Vien le temps de me débarrasser de cette pilosité faciale, de défricher les ronces qui retiennent mes ailes. Je me souviens des premiers poils sur mon torse et la vivacité avec laquelle je les arrachais un à un.

Une femme se rase le visage chaque matin avec le menton qui tremble.

Une femme se coupe à maintes reprises le visage en espérant qu'un jour, les poils ne reviendront plus.

Une femme se bat contre une hydre.

Une femme ferme les rideaux pour être certaine que les pleurs ne se rendent pas dans la rue.

Au salon d'esthétique, le poil sous le rayon laser brûle et laisse une traînée de fumée. Ça me fait penser à toutes les fois où j'ai voulu m'arracher par la racine.

Dans mes temps libres, je rencontre des hommes, beaucoup trop pour ce que je suis capable d'écrire dans mon journal.

« S'ennuyer atrocement de l'Autre alors qu'il reste tant à trouver en soi, ces gens qui se posent de tout leur poids sur moi sans se soucier du bruit de mes côtes, je les aime et les déteste. J'ai allumé le ventilateur du four et le bruit de la ruelle a rempli mon appartement comme si je me retrouvais dehors. Chaque matin, je ne sais jamais comment rouvrir mes paupières. »

On se comprend dans nos tristesses. Nos histoires s'écourtent quand je commence à m'attacher, et quand on s'attache, c'est aux blocs de béton.

Je me sens comprise par ceux qui prennent le temps de m'écouter. Je ne me sens pas comme un anachronisme entre leurs mains, c'est plutôt que je me donne corps et âme à eux qui n'en veulent pas, de mon âme. J'apprends. Ils sont des maisons faites sur mesure pour moi.

Les insomnies qui nous tiraillent n'ont pas raison du bonheur éphémère que nous éprouvons à chacune de nos rencontres. Tout ce qui m'importe, c'est d'être aimée en tant que femme. Je m'aperçois qu'on veut me connaître en tant que telle. On veut m'aimer en tant que telle.

Une fois, je fais l'amour chez un gars dont l'appartement est hanté. Il m'a prévenue dès le début de notre rencontre et je me mets à parler à son fantôme. J'ai tellement besoin d'amour que je m'habitue à sa présence éthérée. Le fantôme porte les cheveux courts, blonds, une barbe, il porte un veston et beaucoup de cernes. On se reconnaît entre personnes qui existent à moitié. Et je raconte au gars que je sais parler aux fantômes, puisque j'en ai été un toute ma vie.

Il démontre son enthousiasme, car j'ai apporté du vin. Je pense que la qualité du vin est proportionnelle à la qualité des espoirs qu'on nourrit pour une rencontre. Mon amour en est donc un de dépanneur. Parfois, je le chevauche et je sens qu'on me regarde de dos, mais je continue à m'évertuer sur son corps, j'ai besoin de le sentir en moi puisque ça me tue de ne plus me sentir. Je pense à la présence derrière moi : j'aime qu'on me regarde des deux côtés, pour bien me rappeler que j'ai de la profondeur, que je ne suis pas qu'une image.

C'est un été de pistes cyclables et de poésie sous les arbres du parc Lafontaine. Un été de joints roulés entre les doigts pleins de désir pour l'autre. Je pense à toutes ces petites bouches minuscules au bout de chacun de mes doigts. Mes cheveux me collent à la nuque avec la même ténacité que moi aux hommes. Je me fais des queues de cheval, même si je sais que mon cou ainsi dévoilé laisse voir ma pomme d'Adam. Je passe un après-midi sur le qui-vive de peur que l'on remarque un trait masculin chez moi.

« Combien ça prend de parcs, d'hommes et de quartiers pour oublier quelqu'un ? »

Je m'emballe pour des cœurs à la fin des textos. Je m'emballe pour un émoji envoyé par quelqu'un que je connais à peine et que j'oublie aussitôt.

Je pense à cette femme trans au Brésil que l'on a filmée et dont on a diffusé la vidéo sur Internet. Rouée de coups et lancée ensuite dans une brouette, balancée quelque temps plus tard dans un fossé comme on se débarrasse des feuilles mortes à l'automne.

— Casse-toi pas la tête pour le vin, hein, me dit un homme, ça goûte toute pareil.

Je me retiens de lui dire que pour moi, c'est plutôt les hommes qui goûtent tous pareil.

Dans leurs bras, je me démultiplie, je choisis d'être celle qu'ils veulent pour être certaine que l'on ne me rejettera pas. Parfois, je pose trop de questions et ça les emmerde. Je leur dis que je suis désolée, avec cet accent qui trahit mon lieu de naissance, et je nourris la peur qu'ils découvrent que je suis une évadée des choses qui ont été hors de mon contrôle.

Ils se collent contre moi dans l'espoir d'avoir un peu d'amour, je les laisse croire ce qu'ils veulent parce que je sais qu'ils ne resteront pas dans ma vie. Je pense à toutes les filles qui les ont brisés, eux aussi. Je pense à nos corps de porcelaine brisée recollée brisée recollée, qui font l'amour ensemble dans le fracas de la perdition. Nous envisageons des choses, oh ce serait parfait, aller sur le petit ponton près de l'eau pour penser que nous sommes romantiques, avant de se dévorer. Nous donnons notre visage aux idées les plus fragiles.

Parfois, ils me laissent des traces de leur passage : une éraflure, une morsure, un bleu, je sais à ce moment que je n'ai pas rêvé. Je vais dans leur salle de bains, souvent quand ils sont assommés par le trop d'amour que j'ai, ou la trop pleine rage foudroyante du deuil, et je m'accroche au comptoir, mais mon corps coule de lui-même, glisse dans le drain d'une douche souhaitée expéditive. Je ne suis pas vide, je vous le jure, je suis remplie du non-amour.

On me rassure sur ma féminité et ma validité en tant que femme.

Je pense à cette femme trans assassinée au jour de l'An.

Je les regarde me cuisiner des plats en se dandinant les fesses comme s'ils étaient sincèrement heureux que je sois là, dans leur vie, inscrite comme un bourgeon qui fleurit. Mon sourire fait mal. Il montre que je passe à côté de quelque chose qui pourrait exister. Je me dis qu'au moins, je connais un peu plus la vie après la sueur de l'autre.

Je pense à cette femme trans assassinée à coups de couteau et de fourchette par son mari qui a pété un plomb.

Je suis désirable le temps des acrobaties nuptiales. Je mendie la sueur avec une ferveur que je ne me connaissais pas. Ferveur et fureur sont deux mots qui se ressemblent et peuvent être confondus dans l'alcool.

Je pense à cette femme trans brûlée vive dans sa voiture.

Parfois, ça ne me tente pas d'ouvrir les jambes, j'aimerais mieux ouvrir mon cœur, mais je le fais quand même, parce que je ne suis pas maquillée, coiffée, habillée pour rien et que je ne sors pas de ma léthargie pour rien non plus. Je retrouve mon estime dans le fond de leur gorge et eux, une raison pour vivre un soir dans le fond de la mienne.

Le matin, ils me cuisinent des œufs brouillés comme notre relation. Nos silences glissent comme des excuses. Les numéros de téléphone pleuvent : pour une fois que ce n'est pas moi qui pleure. Je confonds les noms, alors je m'adresse maintenant au « tu » à tout le monde.

Tu n'es pas lui.

Tu n'es pas là.

C'est à Guillaume que je m'adresse à travers eux.

La ville est différente quand je la regarde par leur porte-fenêtre. Les saisons me passent croche en travers du ventre. L'absence de Guillaume m'engouffre.

— T'es une fille trans, mais ça paraît pas.

Ça ne paraît pas non plus que j'ai envie de mourir, et pourtant.

Je pense à cette femme trans à laquelle on a arraché un œil et qu'on a poignardée

des dizaines de fois avant de la laisser sous le soleil à la merci des charognards.

Je me fais tatouer un quartz à l'intérieur de mon bras. Je deviens minérale, aux contours de plus en plus aiguisés et tranchants. Je cherche le regard qui me fait exister plus fort. Si je ne reconnais pas au moins un peu de tendresse de Guillaume dans leur iris, je finis par m'enfuir durant leur sommeil.

Je pense à cette femme trans rouée de coups dans un autobus à Veracruz.

Certains ne parlent pas de la soirée. C'est ainsi que je reconnais ceux qui n'en ont que pour mon pénis de femme et l'expérience inusitée. J'aimerais avoir de l'amour pour eux, assez puissant pour porter la vérité à leur conscience. J'aimerais disposer d'assez de temps pour leur apprendre que derrière ce corps se cache un cœur.

Ça fête fort à Montréal, tous les soirs de la semaine. Parfois, je passe près du bar où Guillaume et moi on sortait. Je revois ce jeune homme sur le toit de l'immeuble, qui prend la main de l'homme avec qui il partagera une période charnière de sa vie. Je pense à eux, qui prennent la nuit entière dans leur gueule de jeunes fougueux et la ramènent au pied du lit de leur vie à deux, à toute la beauté qui émergera de leur union.

On commence à savoir mon nom dans certains bars. C'est la fille qui boit tout le temps un abricot brandy en mémoire de son ami lointain. C'est la fille trans, attention, tu vas te faire avoir, mon gars. C'est la fille qui pleure son agression sur l'épaule des daddys. C'est la fille qui chante tout le temps *Dis, quand reviendras-tu ?* de Barbara ou qui, lors du last call, chante au portier *Dans les yeux d'Émilie* de Joe Dassin jusqu'à ce qu'il lui dise d'aller dormir. C'est un juke-box plein de larmes. C'est une fille qui croit qu'elle est arrivée trop tard dans sa vie.

Je pense à cette femme trans laissée pour morte dans un ravin, le visage tuméfié, la jupe relevée pour montrer au monde la haine de l'autre.

Il arrive qu'à mon propre étonnement, je ne me défonce pas avec l'alcool et que je ne reparte pas avec un homme. Je reste sage et je rentre tôt chez moi. Bien que grande et adulte, je dois demander mon chemin. Je déambule sur Saint-Denis, c'est bondé de monde, autant que dans ma tête. J'essaie de trouver la poésie dans les gens qui courent sur le trottoir. Ce n'est souvent que des gens qui courent sur un trottoir.

Chaque automne, j'envie les outardes qui prennent la clé des champs. Moi, je ne peux pas déguerpir de ma vie sans me l'enlever.

Je m'accroche aux quelques matins précieux pour continuer la route. Ceux où les rayons du jour traversent les rideaux pour inonder nos corps nus et ruisselants. Les voitures vrombissent, les enfants sont ressuscités de la nuit. Tout peut fonctionner. Quand on me demande de parler de ma famille, j'éprouve un malaise. Je ne sais pas comment aborder l'éclatement familial qui nous a relégués aux quatre coins de la province. Je parle alors d'animés japonais, de chiens, de chats, de cristaux, des diamants qui naissent sous haute pression. Je me cramponne à leur sourire. Si un jour je peux atteindre le cœur d'un seul d'entre eux, je n'aurai pas vécu pour rien.

Je pense à cette femme trans kidnappée et étranglée.

Je m'endors après m'être accordée à leur respiration. Au réveil, on admire les ombres des passants vaquant à leurs occupations projetées sur les murs, c'est possible d'admirer la vie qui continue sans nous.

Je les regarde droit dans les yeux et des éclairs passent de ma rétine à la leur sans rien déchirer de ce que nous vivons. Un éclair peut durer un matin.

J'essaie d'imaginer à quoi ça peut ressembler, une vie à deux. Je me vois dans une cuisine ensoleillée. Par-dessus la table du déjeuner, notre « je t'aime » lancé ne s'épuiserait peut-être pas en route.

Quand ils habitent au quinzième étage dans un quartier chic, ça remet les choses en perspective. Les gens, en bas, grouillent comme des fourmis. Je me demande si une larme, tombant de cette altitude, peut prendre assez de vitesse pour tuer quelqu'un.

Ils finissent souvent par me dire que ce n'est pas à cause de moi que la relation s'étiole, c'est seulement qu'ils ont besoin d'un vagin pour pouvoir s'épanouir sexuellement. Je redeviens alors anonyme au claquement des portes.

Je pense à cette femme trans racisée tuée par des adolescents.

Ils m'invitent parfois en voyage. Je sais que ni le caviar ni les piscines chlorées ne pourront me sortir de ma décrépitude. Je sais que peu importe la destination, je devrai affronter mon enfance dans toutes les langues imaginables. Si je squatte autant leur cœur, c'est qu'on ne m'a jamais appris à trouver le mien. Plusieurs questions attendent leur réponse, à savoir, pour commencer, comment on se tient debout quand on est une expatriée de sa propre enfance.

Il est difficile d'avancer de canicule en canicule humaine sans avoir le sentiment de purger une sentence. On ne cesse de me rappeler, après avoir scruté mon corps à la loupe, que je n'ai pas de tache de naissance.

— C'est parce qu'on n'a pas voulu reconnaître mon existence. Je suis une déportée du cosmos.

Je suis la seule à rire, et c'est souvent le signe que je dois y aller.

Je pense à cet homme trans tué par deux femmes qu'il avait hébergées.

Des effluves de plats concoctés dans les cuisines amoureuses me parlent de quelqu'un qui aime quelqu'un d'autre. J'espère que cette époque d'amour sur la pointe des pieds tire à sa fin. J'essaie de reconnaître la femme travestie par l'alcool qui me fait face dans le miroir des toilettes des restaurants. Je pense à tout ce que je cache, ma tristesse, ma poupée sous l'oreiller. Ça m'arrive de pleurer quand le barman refuse de me donner à boire parce que j'ai trop bu. Je ne sais plus où me poser, je suis une étoile qui file dans trop de ciels à la fois.

J'apprends à apprécier les traversées de la ville en taxi quand je retourne à mon appartement, ou plutôt à ma cabane dans les arbres, comme j'aime l'appeler. La poésie de ce cubicule apatride me devient familière. Diurnes ou nocturnes, les trajets me renvoient dans un état méditatif particulier que je ne m'autorise nulle part ailleurs. Les soirs et les nuits sont propices à la mélancolie. Je repense à ce dont aurait eu l'air ma famille si je n'avais pas été une femme trans. Il m'arrive de pleurer en espérant que mes larmes goûtent le fleuve de cette enfance que j'ai lâchement abandonnée.

Je souris par courtoisie aux hommes comme à quelqu'un qu'on ne veut pas trop connaître. Je souris pour maquiller mon visage. À l'approche d'une autre rencontre, j'espère que ce gars-là va m'enlever Guillaume du cœur, comme les dentistes extraient les dents pourries.

Ça les surprend quand je leur demande de me frapper et que les larmes arrivent après seulement une ou deux gifles. Il faut que je l'enterre sous d'autres corps, d'autres parfums, d'autres voix, d'autres douleurs. C'est dans la douleur que je brille, c'est dans la douleur que je reprends ma place au firmament. On m'offre du whisky sans glace et je leur montre mon plus doux visage. Je m'abreuve à même leur peau pour sauver la mienne. Je redoute parfois les paires de talons hauts dans l'entrée, qui ne sont pas les miennes mais le présage d'un désastre sentimental. Je ne sais plus comment est le monde, je me suis coupée de lui depuis je ne sais quand, je ne fais que passer avec mes échardes et ma tristesse colossale.

Je pense à cette femme trans travailleuse du sexe à Mexico City tuée par balle par un de ses clients.

C'est dans un bureau de psy que je devrais être, me dis-je, pas entre leurs jambes. Ils aiment secrètement que leur torse soit le berceau de ma fatigue et de mon désenchantement. On aime croire à cette sécurité qui s'offre un soir où l'on a bu un verre de rhum de trop. On aime recueillir les choses que la mer a rejetées sur le rivage. Je me souviens des bois qui m'accueillaient et ne me jugeaient pas, qui plutôt me prenaient la main, à toutes ces mains tendues, intangibles, offertes par habitude et non par amour. Je me souviens de ce chemin de terre qui se dérobe en plein cœur de cette forêt mystérieuse et qui m'a hypnotisée au point où un beau jour d'école, j'en suis tombée d'une clôture. Je pense à ce village que je m'étais promis de construire sous les sapins. À tous ces éclopés qui m'attendent dans ma promesse boiteuse et qui depuis une décennie ne trouvent pas le moyen d'élaguer leurs racines. Je pense à l'accident de voiture, aux vies si fragiles, et aux relations qui le sont encore plus. Aux effusions de sperme triste. Aux oreillers détrempés des nuits trop longues. À l'acharnement des abeilles sur le cadavre des fleurs.

— Bon, je vais venir, tourne-toi de bord, ton sexe m'empêche de jouir.

Ça m'arrive de les envoyer promener, la rage aux lèvres, et pourtant c'est à moi que j'en veux.

Mes amours ne peuvent être spontanées, elles sont du ressort de la programmation, elles dépendent des phases de la lune, elles relèvent des calendriers.

J'émerge de leur chambre après avoir passé toute une nuit enroulée dans leurs bras et leurs silences. Dans les rues, le soleil me fait plisser les yeux. Je ne retourne jamais vraiment chez moi. Je suis dans un all men's land. Je n'atterris pourtant nulle part. Depuis des mois, je n'ai fait que creuser dans leurs lits des excuses pour ne pas être seule. Je veux me tenir loin de ce qui me tue, mais comment s'éloigner de soi-même ?

Parfois, je me dis que ce serait plus facile de me noyer, de me pendre ou de me tirer une balle. Dans ces moments, je m'engouffre dans leur gueule la tête la première et je suis soulagée de ne plus devoir penser à quoi que ce soit. J'enfouis mon visage dans la fourrure de leur torse, cette forêt habitable, et je les remercie d'être des terriers temporaires.

J'aimerais saisir le moment présent avec la même vigueur et la même avidité que les goélands qui venaient parfois interrompre nos pique-niques à la plage.

Parfois, il n'y a pas de musique chez eux, que le silence. J'ai le temps de me sentir mal pour ma mère, qui m'aide à payer mon loyer parce que je ne travaille qu'à temps partiel dans une petite pharmacie du quartier Hochelaga. Dans ce silence, je m'entends penser et je panique.

Je les entraîne avec moi dans les profondeurs du marasme. La déception arrive quand je comprends que ni eux ni les autres ne peuvent m'apprendre à me conjuguer avec le monde.

Je m'accroche à mon reflet dans les vitrines des boutiques. Je suis à la recherche des preuves que j'existe. J'envie les personnes qui n'ont pas à le faire. Je dois me retrouver, déployer tous les efforts comme on le fait dans les battues à la recherche d'enfants perdus.

Je pense à cette femme trans assassinée en Inde.

C'est peut-être moi que j'essaie de rencontrer derrière les moustaches, les cols de chemises boutonnés jusqu'à la gorge, les tatouages, c'est peut-être moi que j'essaie de retrouver sous les crayons de cire éparpillés sur la table, les enfants à aller chercher à seize heures tapantes ou derrière la femme qui sait. Nous avons parfois créé un monstre d'amour qui pleure de ses paires d'yeux d'enfants blessés. Nous avons créé des chimères partout où nous sommes passés.

Je déambule sous la ville, de wagon en wagon, cernée jusqu'aux genoux, les sourcils froncés. On m'aime de neuf à seize heures. Même si on enlève nos souliers, on finit toujours par salir la maison. Quand je retourne chez moi, je me demande si l'amour des geais bleus et des ours ne m'aurait pas plus comblée que le leur. Je me dis que l'on devrait avoir un psy assigné à notre naissance, au sortir de notre mère, ou du moins, dès qu'on reçoit le premier coup de poing de la vie.

Je me demande pourquoi la chaleur de l'autre m'est si cruciale, alors que j'ai passé mon enfance dans l'eau glaciale du fleuve. Je me demande où se dressera le mur et s'il sera assez haut pour me décourager.

On me dépose dans le creux de leurs paumes. On ne me cerne pas vraiment. On sait seulement que je suis fragile. On me pousse dans un taxi. « Ramenez-la bien chez elle. » Et on prie secrètement pour que je ne souille pas l'intérieur de la voiture. Je veux être encore avec vous à pleurer cette tristesse sans nom qui nous renvoie à l'anonymat vain de notre désir. Anonymes nous sommes, pour ne pas trop nous attacher, pour ne pas trop prendre goût. Il doit bien y avoir quelqu'un derrière les masques. Je voudrais vous oublier. Que vous glissiez sur moi comme l'eau perle sur les plumes des canards. C'est injuste qu'une simple rencontre reste dans ma vie pour toujours.

Je pense à mes phalanges osseuses qui tentent de les retenir. Au déchirement des os à l'aube. Je pense à ma résurrection dans le parc, au bruit des chiens qui aboient et des joggers qui s'essoufflent. Aux grains de sable incrustés dans les cuisses des rencontres. Au bruit des plaies qui s'ouvrent sur des réponses.

Je ne sais pas combien de fois on m'a retournée en exigeant un remboursement, combien de fois j'ai répondu à mon nom avec un enthousiasme canin. J'ai aussi la fougue de la chatte, l'envie de partir quand on s'apprête à me prendre. Je pense aux lettres que je leur écris pour les garder près de moi, aux larmes entre les mots, entre les lignes, aux visages qui se déforment sous la pluie, au cri que l'on n'entend plus par habitude, je pense au col de manteau que l'on tire pour repousser le départ. Je pense aux genoux avant l'éraflure du béton, qui saignent du découragement des villes et de la lassitude des campagnes.

Je pense à tous ces hommes blasés et blessés qui ont rajouté à mon ennui et à ma blessure. Je ne veux plus rien savoir de personne tant que mon cœur est mal ouvert. Je suis mûre pour le tutoiement. Pour parler à quelqu'un qui m'entend. Ma psy me dit que j'ai un problème avec les hommes, que je ne peux pas me passer d'eux. Je comprends la boîte de mouchoirs et la table entre elle et moi. Je lui montre que oui, je peux me passer d'eux. J'ai juste besoin de réapprendre à parler, de ne pas prendre leur voix. C'est aussi ça que j'ai fait en faisant de la personnification féminine : j'ai pris la voix des autres, parce que j'avais trop peur de la mienne. Oui, je peux me passer d'eux, ma chère psy, je vais à la pharmacie acheter de la litière pour ma chatte, ça me comble de la voir se précipiter pour faire ses besoins sur du gravier propre. Je sais me réjouir d'une soupe aux ramens et de sardines au piment jalapeno avec un biscuit thé social trempé dans le miel. Seule, je pimpe mes goûts de redneck. Je suis certaine que tout ça fait de moi une fille capable de se passer des hommes.

Vient un moment où l'on se lève, plus décidé que jamais. C'est en touchant le fond que l'on peut rebondir. Je suis une femme sans compromis. Digne d'être dans une chambre amoureuse ou dans le salon illuminé d'une belle-famille. Je ne serai plus la fille de la troisième roue, la fille d'à côté des belles choses, la fille du placard, je ne serai plus à personne ni à tout le monde.

Je commence à oublier les endroits où on se rencontre. J'oublie les canicules et m'habitue de façon graduelle à l'automne de récolte que je tisse. Temps de moisson. Au final, je me rends compte qu'ils n'ont pas pu me briser le cœur, puisque je n'en avais pas. Je me souviens qu'on me recouvrait d'un drap quand je m'endormais avant eux, dans un geste de thanatologue, et surtout que l'un d'eux me prenait toujours la gorge pour m'embrasser ; je lui prenais la sienne à mon tour pour être certaine que c'était lui, la fin du monde.

Je croise souvent dans mon quartier un gars qui ressemble à Mathias, mon ami d'enfance, du moins, à l'idée que je me suis fait de lui devenu adulte. Tant d'événements ont coulé de mes yeux depuis nos fuites. Nous n'avons jamais pris le temps de nous reparler. La neige a recouvert par cent fois notre enfance et nous l'avons laissée reprendre son territoire.

La lumière de la lune glisse sur mon corps frissonnant en manque d'hommes et sur le bois pourri de ma conscience. Je m'aperçois que Guillaume ne m'a pas quittée une seule fois et que j'ai vécu son départ chaque fois que des hommes me quittaient.

Je ne sais pas le chemin pour rentrer chez moi, je sais seulement le chemin qui mène au chagrin. C'est rassurant, d'une certaine façon, de penser que l'on va quelque part.

Je prends des médicaments pour m'aider à dormir. Je reprends contact avec Manon, la cousine de ma mère qui nous a gardés, plus jeunes. Au téléphone : « Te souviens-tu, quand t'étais p'tite, tu devais avoir dix, onze ans, quand la visite arrivait, tu t'enfuyais dans le bois, on t'a cherchée tellement souvent. » Je lui réponds qu'il est temps que j'en sorte, de ce bois. Je repense à ce chien qui venait me voir et je me demande s'il est encore en vie. Je me dis qu'au moins, nos moments passés ensemble vivent toujours.

Combien de miroirs me faut-il traverser pour enfin m'atteindre ? Comment est-ce possible de vivre aussi longtemps dépouillée du père et de la mère ? Comment Olivier et moi, un soir de dispute parentale, nous sommes-nous retrouvés sans plus aucune généalogie ?

Je prends.

Je jette.

Je construis.

Déconstruis.

On palpe mes seins ; on cherche la tumeur de l'enfance.

Un matin de fin du printemps, le téléphone sonne.

— Salut… mon… ma chérie.

Sa voix tremble…

— Qu'est-ce qu'il y a ?

— Ta grand-mère est morte ce matin.

Mon souffle s'arrête net. Je fais de l'hyperventilation. Quelque chose pour m'accrocher, le coin d'une table, le dos d'une chaise, le rebord d'un lit, n'importe quoi. Je glisse partout.

— Non, non, non non non, non, c'est pas possible, tu dois me mentir, arrête !

J'inspire, j'implose, je recule sous le coup de la nouvelle et le mur de ma chambre m'arrête dans ma chute. Je m'effondre alors sur le sol. Ce n'est pas possible que ma grand-mère s'éteigne.

— Les obsèques seront dans trois semaines. On t'attend…

Elle raccroche aussitôt, et moi, gluante de peine, je prends une minute avant de comprendre qu'elle n'est plus au bout du fil.

Grand-maman, où sont-ils, nos doigts rouges des framboises cueillies pour les tartes et les taches sur nos tabliers qui ressemblent à des silhouettes d'animaux improvisés ? Mon enfance revient me chercher, me prend la main et m'incite à rattraper le temps perdu.

Un jour, plus tard, je reçois un autre appel, cette fois d'Olivier, mon grand frère.

— Allo ?

— …

— Allo ?

— …

— C'est toi ?

— Plus que jamais.

Nous parlons de combien notre grand-mère nous manque. Plus tard :

— J'ai toujours su que tu n'étais pas un gars comme les autres. Je sens dans ta voix que t'as l'air heureuse.

— Qu'est-ce que ça fait, de se rendre compte qu'on a plus son frère ?

— Notre enfance, on l'a vécue en tant que garçons, j'ai eu un petit frère et ça ne m'empêche pas d'avoir une sœur, que j'ai hâte de rencontrer, d'ailleurs.

Nous pleurons ensemble. J'entends la respiration d'Olivier dans le combiné. Ainsi donc est faite la vie, de départs, d'arrivées, de retours, comme les vagues du fleuve.

— À bientôt, ma sœur.

Moi qui avais prévu écrire une lettre de suicide, j'apprends que mon frère sera papa. La vie s'obstine pour me retenir à elle.

Je déballe tout à Steph. Le moment des obsèques venu, je décide de me rendre chez lui à Québec pour que l'on entreprenne ensemble le voyage jusqu'à chez moi. Nous passons devant les lilas chez grand-maman, ces lilas qui maintenant fleurissent sans elle. Il est temps de nous diriger vers la terre d'origine de ma tristesse. Steph s'est accoutré de couleurs flamboyantes « représentant la vraie toi, ma chérie », et j'aime qu'il m'apprenne à voir en couleurs.

— Tu m'as manqué, ma maudite ! Let's do this ! Pis après, promets-moi que tu reviens au moins faire de la scène.

— Promis !

Me voilà qui retrouve le goût de faire des promesses.

La voiture mange les kilomètres et nous chantons à tue-tête Britney Spears, The Cardigans, Beyoncé, Shakira, nos gorges fleurissent et sentent le lilas. Nous nous rappelons cette époque où nous dormions sur le sol du salon, trop épuisés par le bonheur des soirées. Je suis en train de me pardonner l'élan précoce qui m'a poussée à fuir comme les chevreuils habités par la peur d'être dévorés.

Le soleil est appréciable de nouveau. Steph tapote sur le volant au rythme des chansons. C'est drôle de penser que je m'en vais aux funérailles de ma grand-mère dans cet état d'esprit. D'une certaine façon, elle nous rassemble tous, en ce moment.

Je me rends compte à cet instant que j'émerge des entrailles de la Terre comme Perséphone revient au printemps. Je vais réapprendre à vivre au rythme des soupers rassembleurs, de la musique jouée dans le salon et des rires partagés. Il ne sera plus question de m'évader.

J'aperçois avec effervescence le toit de bardeaux d'asphalte. J'ai l'impression de regarder la tête d'un poupon qui émerge du ventre de sa mère. La maison familiale se dévoile derrière les arbres qui ont grandi. C'est la première fois que je reviens au village depuis tant d'années. Mes poumons se remplissent de cet air qui me rappelle les jeux dans les bois, je crois entendre le rire de deux frères sous les frênes.

Nous entrons dans la cour de gravier. Rien n'a changé. Ma mère est à genoux dans une platebande à planter des dahlias, qu'elle encercle de marguerites. Ses gestes sont un peu plus lents que dans ma jeunesse, mais elle a une fougue et une attention irréprochables. Elle a gardé ce gros chapeau qu'elle portait à la plage lors de nos escapades au fleuve, et moi j'ai gardé un sourire pour elle, je ne le savais pas. Bernard est derrière elle et tient une poche d'engrais. Ils s'échangent un regard. Un sourire. Ils s'aiment encore.

Plus loin, près du cabanon, mon père accompagné d'une femme, je ne sais pas si c'est la même que lorsque nous étions jeunes. Il rit comme dans le champ de bleuets, il n'a pas oublié ce soleil, on dirait. Il enlace sa copine et l'embrasse sur le front. Je crois aux rêves éveillés. Mon frère Olivier est là aussi. Il est le plus grand de la famille, maintenant. Les cheveux longs ramassés en un chignon sur le sommet de sa tête, « comme si t'étais pas assez grand de même », dira ma mère plus tard. Olivier est avec une femme au ventre de pleine lune. Elle a les joues rebondies de bonheur. Je me sens étrangère à toute cette vie qui a continué sans moi. Peut-être que tout ça est une hallucination de ma part. J'ai peur de ce qui peut s'effacer. Une table rectangulaire a été placée devant la maison, avec des assiettes. Olivier s'en va au barbecue, il tourne les morceaux de viande et vérifie les papillotes de légumes en sifflotant. Chétif autrefois, il est devenu baraqué, plus que notre père.

Ils attendent qu'on sorte de la voiture. Une intense chaleur se fait insistante au niveau de ma poitrine.

— Je sais pas si je vais être capable, Steph, je sais pas. Non, retourne de bord. On s'en va à Montréal, OK ? Non, je veux pas !

— Combien de choses t'as faites que tu ne croyais pas être capable de faire ? Finalement, tu m'en parles encore en me disant que tu es fière… T'as pas fait des centaines de kilomètres aujourd'hui pour revirer de bord, certain. T'as pas tué personne, fille, t'as donné naissance à celle qui attendait dans la mort. (Il me prend par les épaules.) On ne choisit pas la famille dans laquelle on naît, mais on peut choisir de l'aimer, différemment, mieux, name it, mais ils t'auraient pas invitée s'ils t'acceptaient pas.

Ce que me dit Steph me fait pleurer tout en me propulsant dans une confiance inusitée. Je déverrouille la portière. J'ai la main sur la poignée.

Les vitres fumées de la voiture me gardent encore dans le mystère pendant quelques instants. Je sors un miroir de mon sac à main, pour voir si je suis encore là, mais au moment de me regarder, je le range aussitôt. Non, je n'ai pas besoin de me regarder.

Je sors au grand jour. La revoilà, l'enfant perdue. Je ne suis plus une voix au bout du fil. Je suis là pour qu'on s'aime mieux, pour qu'on m'apprenne tout entière, telle que je suis réellement. Maman laisse tomber ses outils de jardinage et se précipite vers moi. Elle m'enlace si fort que j'ai l'impression que mon sang s'arrête.

— C'était donc toi, toutes ces années…, me dit-elle en plongeant son regard dans le mien.

Nos larmes se mélangent dans un grand et savoureux soupir de soulagement. Je suis toujours vivante, et ce garçon mort dans mon ventre a fleuri, arrosé par ses propres larmes. Je suis debout, maman, malgré les vents contraires, malgré les disputes, malgré les rages et les furies. Maman, j'en ai assez d'errer dans les autres et pour les autres. J'ai percé la neige, maman, et je peux respirer.

Elle tient mon visage entre ses mains. Comme tu m'as manqué, maman.

— Tu es si belle, ma fille, on s'est perdues pour mieux se retrouver… c'est ta grand-mère qui a arrangé ça, la tite vlimeuse !

Elle m'embrasse longuement sur le front. Steph sort de la voiture et fait ses salutations. Olivier et mon père se rapprochent de moi. Papa est un peu froid. Mais il est là, enfin. Toutes les phrases de ses cartes postales me parlaient du poème de son retour. La voix chevrotante et les épaules courbées de timidité, j'ose lui dire :

— Papa, tu m'as manqué.

Il ne parle pas. Il m'attire vers lui. L'accolade qu'il me fait pendant une minute est la plus touchante des excuses. Le temps arrangera les choses. Je n'ai pas envie de les forcer. Olivier se joint à l'accolade de mon père et ma mère vient terminer l'atome. Ils se regardent un moment, ma mère et mon père, et je crois les revoir du haut de mes trois pommes, s'échanger ce regard précieux et lumineux. Ils éclatent de rire ensuite. Bernard fait partir le stéréo. La voix chaleureuse de Joe Dassin enrobe l'étreinte. Mon cœur bat vite. Nous nous attablons pour le barbecue.

Je chante avec Joe Dassin : « Moi, j'avais le soleil, nuit et jour dans les yeux de l'amour. »

Plus tard, alors que je suis adossée à un arbre dans la cour après leur avoir raconté ma vie à Montréal et à Québec, mon père vient me rejoindre et s'assoit à mes côtés. Nous ne savons pas quoi nous dire. Il finit par ouvrir la bouche.

— Je n'ai pas été beaucoup présent dans ta vie, et sache que je regrette un peu que les choses ne se soient pas passées comme je l'aurais voulu. J'ai été très dur avec toi aussi parce que je n'acceptais pas que tu sois différent… différente. Je sais que ça ne rattrapera pas le temps perdu, mais ta grand-mère et moi, on s'était revus y'a pas longtemps, et cette journée-là, on a été dans une brocante et on a trouvé ça.

Il fouille dans sa poche et en ressort une breloque qui représente une maison qui ressemble à la nôtre.

— Je me dis que tu pourrais la mettre avec ton cœur en quartz rose, ce serait joli.

Les larmes fusent sur mes joues. Il me fait une accolade. Maman regarde d'un œil attendri et échappe une larme.

Je prends conscience que bien que le temps et la vie nous aient séparés, nous n'avons jamais cessé de nous aimer. Je les regarde un par un et leur offre mon premier vrai sourire. Ils sont tous là. Je suis là. Je pense à cette petite enfant qui voulait tant savoir ce qu'il y avait au bout de l'horizon. Je lui dis qu'au bout il y en a toujours un autre, ça ne finit jamais. Et c'est très bien ainsi.

La famille danse. Je reste à la table de pique-nique, un crayon à la main.

« Une fois, une fille d'un village bordé par le fleuve a décidé de vivre enfin pour elle-même. »

Remerciements

Bertrand Laverdure, pour m'avoir aiguillée dans les vents et les marées.

Jade Bérubé, pour la patience envers ce projet colossal et les bons conseils.

Mélanie Vincelette, pour avoir su prêter l'oreille et entendre battre mon cœur.

Les éditions Marchand de feuilles, pour la confiance.

Nicolas Fiset, pour avoir vu cette petite lumière qui existe vraiment.

Danielle Boulianne, Gilbert Tremblay, Francesca Tremblay, Karenne Tremblay, David Rochette, Elly-Jade Rochette, Emma Lanteigne, Pascale Cormier, Jade Cormier, Pascale Bérubé, Élise Drolet-Turcotte, Joseph Elliott Israël Gorman, Alexandre Turgeon Dalpé, Alexandre G. Vermeil, Benjamin Lachance, Denis S., Hélène Imbeault, Annabelle Drolet, Amélie Jetté, Bobby Raymond, Simon Carrière, Busque, Sonia Girard,

Denis Tremblay, Marc-André Tremblay, Maxime Tellier, Robin Noureau, Mimi, Alex Tremblay, Julie Tremblay, Yvette Tremblay, Jean-Claude Boulianne, Serge Boulianne, Marie-Marcelle Godbout, Rosalie Lemire, Maya, Si Poirier, Katiane, Julie Poirier , Christopher Tremblay, Fléchanne Fortin

Ainsi que Annie Pronovost et Roger Des Roches, pour leur talent d'orfèvres, et tous ceux et toutes celles qui ont de près ou de loin soutenu d'une quelconque façon l'écriture de ce roman.

CET OUVRAGE A ÉTÉ COMPOSÉ PAR PCA
POUR LE COMPTE DES ÉDITIONS J.-C. LATTÈS
17, RUE JACOB, 75006 PARIS
ET ACHEVÉ D'IMPRIMER
PAR CPI BUSSIÈRE (SAINT-AMAND-MONTROND)
EN SEPTEMBRE 2023

Imprimé en France par
CPI BUSSIÈRE (18200 Saint-Amand-Montrond)
en septembre 2023

pour le compte des Éditions J.-C. LATTÈS
17, rue Jacob – 75006 Paris

PAPIER À BASE DE
FIBRES CERTIFIÉES

JC Lattès s'engage pour
l'environnement en réduisant
l'empreinte carbone de ses livres.
Celle de cet exemplaire est de :
800 g éq. CO_2
Rendez-vous sur
www.jclattes-durable.fr

N° d'édition : 01 – N° d'impression : 2073844
Dépôt légal : octobre 2023
Imprimé en France